F級テイマーは
数の暴力で
世界を裏から
支配する
ゆーき
yu-ki
Illust. さかなへん

ネム
シンが初めて
仲間にしたスライム。
シンが他のスライムを構うと
ヤキモチを焼く。
ガリア
シンの父。
フィーレル家の当主。
利己的で計算高い。
リディア
シンの姉。
フィーレル家の長女。
よく上から目線でシンを
からかっている。
シン
本作の主人公。
最低級位のF級《テイム》を
授かったせいで、侯爵家から
追放されてしまう。

登場人物紹介
ウィル
Eランク冒険者で
剣士の男性。
チャラついているように
見えるが実は義理堅い。
フェイト
Eランク冒険者で
魔法師の男性。
楽観的で、
大体のことは笑って流す。
ミリー
Eランク冒険者で
魔法師の女性。
いつも冷静で
皆から頼りにされている。
イリス
Eランク冒険者で
槍術師の女性。
コミュニケーション能力が
高く、明るい。

第一章　最弱スライムで世界を裏から支配する？

「は～、満足満足」

俺――遠藤和也《えんどうかずや》は、漫画が大量に入った鞄《かばん》を持ちながら、満足な気持ちで笑みを浮かべた。

大学受験が終わるまで、毎月もらえるお小遣いを結構貯めておいたおかげで、こんなに沢山《たくさん》買えちゃったよ。

いや～、大人買いって気分がいいものだな。まぁ、散財はダメだから自重《じちょう》はしないと。

そんなことを思いながら、俺はバス停へ軽やかな足取りで向かう。

「……ああ、赤か」

だが、ちょうど目の前で信号が赤になってしまい、俺はその場で立ち止まった。

ここの信号は結構待たなきゃいけないから嫌なんだよな～。

ま、どうせバス停で待つから結局変わらないけど。

俺は行《ゆ》き交《か》う車をぼんやりと眺めながら信号が青になるのを待つ。

すると――

キイイイイイ！！！

突然、車のブレーキの音が右から聞こえてきて、俺は咄嗟《とっさ》に視線を向けた。

すると、そこには歩道へ乗り上げる一台の車があった。老人が運転席であたふたしている様子がチラリと見える。

「おいおいマジかよ……て、なんでこっちに来るんだよ！」

急にハンドルを切ったのか、突然車が進行方向を変えて、信号待ちをする俺の方へ猛《もう》スピードで迫ってきた。

それを前にして、俺は悪態《あくたい》をつきながらも急いで避《よ》けようとする。

だが――

「ぐっ」

慌《あわ》てていたこともあってか、足がもつれて転んでしまった。

そこに容赦《ようしゃ》なく車が突っ込んできて――

「あ……」

俺の意識は、闇《やみ》の中へと沈《しず》んでいった。

◇　◇　◇

……ん？

あれ？　確か車に轢《ひ》かれて……そのあとはどうなったんだ？

意識が戻った俺は、暗い闇の中で考えを巡《めぐ》らす。

直後、急に周りが明るくなった。

「お、おぎゃあああ！　おぎゃあああ！」

ん？　赤ちゃんの泣き声!?

……待て。これ、俺が出してるのか？　なんでこんな声しか出ないんだ!?

自分の意思とは関係なく、赤子のような声を上げて泣いていることに、羞恥《しゅうち》よりも驚愕《きょうがく》や恐怖の感情が湧く。

すると、俺の顔を覗《のぞ》き込《こ》む人影が二つ。だが、ぼやけていてよく見えない。

「おお！　男の子ではないか！　これはめでたい。一家の跡継《あとつ》ぎはこの子で決まりだな！」

人影の片方が、喜びに満ちた大きな声で叫ぶ。

ん？　男の子？　跡継ぎ？

いきなり出てきたワードに困惑していると、もう一人が口を開く。

「そうね。フィーレル侯爵家《こうしゃくけ》の長男として、大切に育てましょう」

柔《やわ》らかな声と共に、さわさわと背中を優しく撫でられた。

生前に読んだファンタジー小説で、こんな展開を見たことがある。

……ああ、なんとなく察してしまった。

信じられないことだが——どうやら俺は転生《てんせい》してしまったようだ。

ここが異世界《いせかい》なのか、はたまた地球のどこかなのかは分からないが、高貴な家の赤ん坊として転生したということだけは分かる。

「おぎゃあああ！　おぎゃあああああ！」

くっそー、状況を把握したいのに、体は動かないわ視界はぼやけているわで全然ダメだ。

あと、どうやら今は泣くことしかできないようで、普通に言葉を喋《しゃべ》れない。

なんか泣き続けていたせいで、疲れてきたな……

あ、眠くなってきたわ。

寝よ……

そして、俺はそのまま意識を手放した。

◇◇◇

それから数日経ち、視界がはっきりするようになってきた俺は、ようやくここがどこなのか理解する。

そう。ここは——

とんでもないぐらい豪華《ごうか》なお屋敷《やしき》だ……！

いや、だってこれ凄《すご》いよ。

今、俺が寝かされているベビーベッドだって、色々と高級そうな装飾品がつけられていて、これだけで何十万してもおかしくない。

頑張って首を動かすことで見ることができる室内は体育館ぐらいの広さで、そこに豪華な家具やら美術品やらが置かれていた。

そして、大きな窓の外にはテラスと澄《す》んだ青空が見える。

雰囲気からして、なんとなく中世ヨーロッパを連想させるような場所だ。

こんなところに住んでいる人が、はたして地球にいるのだろうか……？

なんか異世界であることが、マジで現実味を帯びてきたな。でも、まだ確定とは言えないんだよなぁ……

もうちょっと情報を集めねば。

そんなことを考えていると、ガチャリと扉が開き、そこから一人のいかにも貴族っぽい服装をしたダンディーな男性が、数人の従者を引き連れて入ってきた。

そして、その男性に向かって俺の子守をしていたメイドが頭を下げる。

さて、この男は誰なのだろうか……？

そう思っていると、男性は俺が寝ているベビーベッドに歩み寄り、俺を抱きかかえた。

「うむ。賢《かしこ》そうな子だなぁ。将来が楽しみだ」

そう言って、男性はにこやかな笑みを浮かべる。

あ、この声って俺が転生した時、最初に聞いたのと同じだな。

てことは、この男性――銀髪で蒼い目をしたイケメンが、俺の父親ってことになるな。

それにしても言葉を普通に理解できるのはどういうことなんだろうか？

まぁ、言ってることが分かるのはありがたいしなんでもいいか。

「先ほど名前が決まってな。お前はシンだ。シン・フォン・フィーレルだ。フィーレル侯爵家の長男として、健《すこ》やかに成長してくれよ」

そう言って、男性は俺をベビーベッドに戻した。

……あ、俺の名前シンなんだ。

ふーん……なんかカッコいいじゃん。気に入ったわ。

にしても、侯爵って貴族だよな？

男性はくるりと背を向け、去り際に「確か今日はフィーレル家の魔法師団《まほうしだん》の視察に行くんだったな」と言った。

うん。おかげで分かった。

「おぎゃあああああ！！！」

異世界じゃねーか！！！　しかも魔法があるぅう！！！

地球ではない別の場所。それも魔法が存在する世界に転生したことに、俺は喜びの声（泣き声）を上げるのであった。

◇　◇　◇

月日が流れるのは早いもので、転生してからもう五年の歳月が経過していた。

五歳になった日の早朝、俺は四歳の時に与えられた無駄に広い個室のベッドでゴロゴロしていた。

四歳で個室は早くね？　流石《さすが》にこの年で一人にさせるのはマズいだろ？　と思ったが、そこはちゃんと考えていたようだ。

メイド二人が交代で常時俺を監視するという、プライバシーゼロの解決策が取られている。

でも、これはやめてほしいなぁ～って思ってるんだよね。

「は～、よっと。頼む」

俺はベッドから起き上がり、鏡の前へ行くと、扉の横で待機するメイドに視線を向ける。

すると、メイドは即座にクローゼットから、白を基調とした服を上下取り出して、俺に近づく。

そして、手際よく俺の寝間着を脱がし、代わりにその服を着せた。

これも最初はマジで慣れなくて、羞恥心で顔を真っ赤にしていたが、今では割と様《さま》になっている。

慣れって恐ろしいものだね。

そう思いながら、俺は鏡に映る姿を見る。

そこに映っているのはさらっとした銀色の髪に翡翠色《ひすいいろ》の瞳を持つ子供。

これが今の俺だ。

最初に鏡で見た時はこの容姿にも驚いたな。誰だよこいつって思ったもん。まあ、家族の髪色を見れば自然なことだけど……

その後、着替えた俺はメイドを連れて部屋から出た。

そして、迷わぬ足取りでレッドカーペットが敷かれた廊下を歩き、やがて一つの扉の前に立つと、メイドに扉を開けてもらい、中に入る。

ここは食事をとる場所で、奥からはいい匂いが漂ってくる。コックたちが頑張って、朝食を作っているのだろう。

「あ……」

すると、ここで椅子に座る男女――両親と目が合った。

俺は即座にささささと早歩きで近づくと――

「おはようございます、父上。おはようございます、母上」と言って、頭を下げる。

これも最初は面倒だったな～。

前世の癖で、幾度となく「おはよう。お父さん。お母さん」と言っちゃって、その都度苦笑いされたな。

まあ、幼い子供だったおかげで、やんわりとした注意で済まされたのは、せめてもの救いだろう。

俺って、怒られるとマジでへこむタイプだからね。

「ああ、おはよう。シン」

「おはよう。シン」

父はにこやかな笑みを浮かべながら、母は毅然《きぜん》とした態度で、挨拶を返す。

ちなみに、転生してしばらく経ってから知ったことなのだが、父の名前はガリア・フォン・フィーレル。母の名前はミリア・フォン・フィーレルというらしい。

こうして挨拶を終えた俺はそそくさと自分の席に座る。

すると、横の席に座っている金髪の小さな女の子がプクッと頬《ほお》を膨《ふく》らませながら口を開く。

「遅いわよ。もっと早く来なさい。父上と母上を待たせちゃダメ！」

めっ！　と可愛《かわい》らしく俺を叱る彼女の名前は、リディア・フォン・フィーレル。

俺よりも一歳年上の姉だ。

「ごめんなさい。お姉様」

そんな彼女に、俺は申し訳ないという顔をしながら頭を下げた。

リディアはちょっとお嬢様気質で、事あるごとに弟である俺に上から目線でものを言う。

まぁ、前世と合わせて二十三年生きた俺が、六歳の女の子にそんなことされて腹が立つことはない。むしろ微笑ましく思ってしまう。

ちなみに今の俺には一歳の弟、レントもいるのだが、幼すぎるためまだここに来ることはできない。あともう三年ほど経てば、一緒に食事がとれるのだろうけど。

「失礼します。お食事をお持ちしました」

そこへ、奥の調理場から食事が載った白いワゴンを押すメイドがやってきた。

メイドたちはワゴンを押しながら俺たちの後ろに立つと、テーブルの上に美味《おい》しそうな食事を並べていく。

なるほど。今日の朝食はパン、野菜、コンソメスープか。

貴族の食事にしては質素じゃね？　と思うかもしれないが、品質は全然質素じゃない。

このパンに使われている小麦は結構希少な品種らしいし、バターも高級品。

野菜とコンソメスープも同じく、もう全てが高級品だよ。

食事が全員分出されたところで父が手を合わせた。

「主神《しゅしん》エリアス様の恵みに感謝して、いただきます」

「「「いただきます」」」

そしていつものように、この世界で神として崇《あが》められているエリアス様に感謝をしてから、俺たちは食事を始めた。

その後、食事を終えた俺は父に連れられて、執務室に入った。

執務室は書斎《しょさい》のような部屋で、落ち着いた雰囲気が漂っている。

すると、執務机の椅子に腰を下ろした父が口を開いた。

「知っての通り、今日は教会へ行き、エリアス様から祝福《ギフト》を授かる日だ。よき祝福《ギフト》がもらえることを、祈っているぞ」

「ありがとうございます。父上」

上機嫌な父に、俺は頭を下げる。

五歳になった人は、誰であろうと関係なく教会へ行き、主神エリアス様から祝福《ギフト》という特殊な能力を授かるのだ。

祝福《ギフト》は様々なものがあり、基本的に戦闘系が多い。

これには魔物《まもの》に淘汰《とうた》されかけた人間を守るために、神が祝福《ギフト》を与えた始めたことが関係しているらしい。

ちなみに魔物は、心臓《しんぞう》の代わりに魔石《ませき》という魔力が結晶化したものを持つ生物だ。

まぁ、祝福《ギフト》には当然戦闘系以外もあり、ちょうど目の前にいる父の祝福《ギフト》は《数学者《すうがくしゃ》》だ。

《数学者》は大雑把に言えば、高速で計算することのできる祝福《ギフト》で、他にも一目見ただけで物の大きさを数値化することなんかもできるらしい。凄い人は人の行動を予測することもできるとか。

ただ、父の《数学者》はB級《きゅう》なので、そこまでのことはできない。

ああ、そうそう。祝福《ギフト》には階級があって、同じ名前のギフトでも、階級が上の方が能力が高いらしい。

階級は一番上がS、それ以下がAからFまでの七段階に分かれており、Fが最低位だ。

いやー、俺はできればS級がいいな。転生者特典みたいなやつで強い祝福《ギフト》がもらえないだろうか。

そんなことを思っていると、コンコンと執務室の扉が叩かれた。

「入ってきなさい」

父の言葉に従いギイッと扉が開き、執事服の年老いた男性が入ってきた。

彼はフィーレル侯爵家の家宰《かさい》で、ギュンター・フォン・オラルドという。

ギュンターは入ってすぐの場所でぺこりと頭を下げると、口を開いた。

「馬車の準備が完了しました。いつでも出発できます」

「そうか。では、早速行くとしよう。シン、ついてきなさい」

「分かりました。父上」

父の言葉に頷くと、俺は父のあとに続いて執務室を出た。そして、そのまま真っ直ぐエントランスへと向かう。

すると、エントランスには既に母がおり、いつも毅然とした態度の母にしては珍しく、柔らかな笑みで「よき祝福《ギフト》がいただけるといいですね」と言った。

へ～、珍しいこともあるもんだな～と思いつつも、俺は変わらぬ態度で「期待してくださりありがとうございます」と言っておいた。

父とはよく話すのだが、母とは全然話さないし、話したとしても何か距離を感じる話し方のせいで、どうしても家族と思えないんだよな。

いや、それを言うなら父も同じか。姉も、弟もそうだ。

これは前世の家族が存在していることが原因だと思う。

貴族であるが故に、この世界では家族らしいことをあまりしていないことも関係しているのだろうが……

やはり十八年間共に過ごしてきた家族と、五年間共に過ごしてきた家族では、どうしても前者の方が思い入れが強いのだ。

俺は両親と共に、屋敷の正面の玄関に停まる馬車へ乗り込む。

そして、ゆっくりと教会へと向かって進み始めた。

屋敷を出て数分経ったところで、俺は馬車に揺られながら窓の外をジッと眺める。

そこには多くの民《たみ》がいて、賑《にぎ》わいを見せていた。

ここはグラシア王国《おうこく》有数のダンジョン都市――シュレインで、フィーレル侯爵家が代々統治している街だ。

ここにはダンジョンという、魔物が湧き出る地下洞窟《ちかどうくつ》のようなものがあり、そこに出現する魔物の素材の取引が盛《さか》んだ。

俺もいつかダンジョン探索したいなぁ……

ただ、俺は貴族だ。気軽にどこかへ行くことはできない。

欲しいと言えば大抵のものは手に入る生活はめちゃくちゃ楽なのだが、こういうところは嫌になる。

若干憂鬱《ゆううつ》になっていたら、馬車が止まった。

窓の外を見ると、そこには白を基調とした荘厳《そうごん》な教会が見える。

馬車のドアが御者《ぎょしゃ》によって開けられた。

「よし。行くぞ、シン」

「分かりました。父上」

父の言葉に頷いて、両親のあとに続いて馬車から降りる。そして教会の中に入った。

教会は人払いが済まされている。一般市民は人払いなんかしないけど、俺は一応この街の領主である侯爵家の長男だからね。

「……おお……」

教会には何度か入ってはいるが、相変わらずここは凄い。

神聖な雰囲気が漂っており、自然と身が引き締まる。

柱や壁は彫刻で美しく装飾されており、通路の両側にある木製の長椅子は逆に質素というのが、なんだかいい味を出している。

そして、特段に目立つ奥のステンドグラス。そこから差し込む温かな光が、その前にある主神エリアス様の像を明るく照らしていた。

俺の前に立っている神官服の男性が、深く頭を下げながら口を開く。

「ようこそおいでくださいました。ご子息《しそく》のお誕生日、誠におめでとうございます」

「うむ。では、早速だが祝福《ギフト》の儀《ぎ》を始めてくれないだろうか？」

「かしこまりました。では、シン様。私についてきてください」

「分かりました。司教殿《しきょうどの》」

俺はその男性——司教の言葉を聞いて、両親をその場に残して歩き始めた。

やがて、主神エリアス様の像まで来たところで司教が口を開く。

「では、こちらで膝《ひざ》をつき、祈りを捧げてください」

「分かりました」

司教に言われた通り、俺はその場で膝をつくと、胸の前で両手を組む。

そして、よい祝福《ギフト》がもらえることを祈った。

いやー、マジで頼むよ。本当にお願いします！　転生者特典みたいなやつで、S級の祝福《ギフト》をお願いします！　あと、できれば戦闘系のやつで！

神様が俺の心を読んでいれば、「随分《ずいぶん》欲深い奴だなぁ」と思うかもしれないが、そこをどうかお願いします！

俺はぎゅっと目を瞑《つぶ》り、より強く手を組みながら神に祈る。

すると、ふわっと温かいものが俺を包み込んだ。抱擁《ほうよう》されているかのような、そんな温かさだ。

お、もしやこれが祝福《ギフト》を授かる感覚なのだろうか？

やがて、その温かさが消えてきた頃、頭の中に柔らかな女性の声が響き渡った。

『《テイム》の祝福《ギフト》を授けよう』

脳内に直接響き渡る声に、俺は思わず目を見開く。

直後、俺の横に立っていた司教が口を開いた。

「どうやら無事、祝福《ギフト》を授かったようですね。ガリア様、ミリア様。どうぞ、ご子息のもとへいらしてください」

司教の言葉で俺は顔を上げ、組んでいた手を下ろすと、背後から歩み寄ってくる父と母に顔を向けた。

期待するような目で、俺のことを見つめる父と母。

「シンよ。どのような祝福《ギフト》だったのか、教えてくれるか？」

そして、まるで急かすように父が言葉を紡いだ。

母も同じ気持ちのようで、父の言葉にこくりと頷いている。

人生を大きく分けると言われている祝福《ギフト》だ。親として、気にならないわけがない。

俺は授かった祝福《ギフト》を告げた。

「はい。僕は主神エリアス様から《テイム》の祝福《ギフト》を授かりました」

すると、父は顎《あご》を撫《な》でながら「ほう」と目を見開く。母も似たような反応だ。

「なるほど、かなりいいな。賢い魔物をテイムできれば、執務が円滑《えんかつ》に進む。貴族家当主が持つ祝福《ギフト》としては適しているな」

「もし、A級ならワイバーンを従魔《じゅうま》にして、竜騎士《りゅうきし》にもなれるわね。領主が竜騎士になれば、民からの信頼もより厚くなるわ」

二人は俺の祝福《ギフト》の内容に、喜びを露《あら》わにする。

確かにこの《テイム》っていうのは便利そうだよな。

《テイム》を授かった時に、この祝福《ギフト》についての知識が頭の中に入ってきたのだが、これは魔物を従えることができる能力のようだ。

そして、従えた魔物は従魔となって、どこにいても好きな時に召喚《しょうかん》することができたり、視覚を共有できたりと、なかなかに便利。召喚は、離れた場所にいる従魔を自身から半径五メートル以内の好きな場所へ呼び出すことができる。

どの程度の魔物までテイムできるのかは、まだあまり分からないが、ワイバーン——竜の魔物は確実に無理だと思う。

だから、母の希望には応えられそうにないなぁ……

「次に、祝福《ギフト》の階級を測《はか》らせていただきます。では、シン様。そちらの台に手を置いてください」

喜ぶ二人を尻目に司教が俺に声をかけた。

「分かりました」

俺は頷くと、期待の眼差《まなざ》しを背後から受けながら、前方にある変な紋様《もんよう》が描かれた大理石の台の上に右手を乗せる。
すると、その紋様が淡《あわ》く光り出した。そして、俺の前方に何かが映し出される。
そこにあったのは——F級の文字。
……ん？　ちょっと待て。
いや、まさかとは思うがこれが俺の階級とかじゃないよな？
F級って、確率的にはA級が出るのと同じくらい珍しいやつなんだよ。
そんなのそうそう出るわけが——
「……残念ながら、F級ですね」
もの凄く言いづらそうに、司教は父と母にそう報告する。
あ、やっぱりそうなのね。やっぱりF級なのね。
本当にF級だったことに、落胆を通り越して変な笑いがこみ上げてきそうだ。
当然父と母も落胆しており、半《なか》ば放心状態になっていた。
まぁ、だよね。うん。そうだよね……
父が無言のまま、幽鬼《ゆうき》のようにふらふらと俺に近づく。
そして——
パチン。
勢いよく、俺の右頬を引《ひ》っ叩《ぱた》いた。
乾いた音と共に、ジンジンと右頬が痛む。

「え……」

俺は思わず呆然《ぼうぜん》とする。

「帰るぞ」

父は背を向け、口を開いた。

「……分かりました」

硬い声で紡がれた短い言葉に、俺は俯《うつむ》きながら返事をする。

ふと母を見てみると、母は冷たい眼差しで、軽蔑《けいべつ》するように俺を見ていた。

まるで、もうお前は私の息子ではないと言われているような気がする。

俺は重くなった足をなんとか動かすと、トボトボと歩き、教会をあとにした。

◇◇◇

教会を出てからのことは、思い出したくもない。

父からは罵倒《ばとう》され、母からは軽蔑され――それにただ申し訳ありませんと言い続けた。

親の愛とは、祝福《ギフト》だけでここまで変わるものなのかと、酷《ひど》く落胆したよ。

そして、こうも思った。

父と母はこれまでずっと、俺を息子として愛していなかった。

ずっと、駒《こま》としてしか愛していなかった……と。

だから、価値のなくなった駒——俺を愛さなくなったのだ。

屋敷に到着し、俺は自室のベッドに寝転がり、布団に顔を埋《うず》めていた。

もうメイドをつける価値もないと思われたのか、今朝までいたメイドはいない。

「はぁ……ただ、この状況を悪くないと思ってしまっている自分もいるんだよなぁ……もとより、今世の家族への情ってあまりなかったし」

意外にもあっさりショックから立ち直った俺は、ゴロリと転がって仰向けになると、天井を見上げながらそう呟《つぶや》いた。

これで、フィーレル侯爵家の当主になるという未来はほぼ絶たれただろう。

弟のレントが五歳になるまでは一応この家にいさせてもらえると思うが、レントがいい祝福《ギフト》をもらったら、用済みの俺は一家の恥として勘当《かんどう》されるだろう。

しかし、これは俺にとっては好都合だ。

邪魔だからと殺される可能性もなくはないが、流石にそんなリスクある行動を父がするとは思えない。

グラシア王国では、子殺しは親殺しと並んでかなりの重罪として扱われているからね。確か、貴族でも死罪になったような。

まぁ、ここには過激なお家騒動を防止する意味も含まれているんだと思う。

で、何故《なぜ》俺が、勘当されて家を追い出されることを望んでいるのかというと、この世界を自由に冒険したいとずっと思っていたからだ。

贅沢な貴族生活も、それはそれで結構好きだったのだが……こうなってしまうと、もう貴族に魅力は感じない。ある程度力をつけたら、ここから出て行ってやる。

ただ、一つ問題があるとすれば……

「勘当されたとして、Ｆ級の《テイム》でどうしろというんだ……」

そう。問題はそこだ。

帰り道で父に、いかにＦ級の《テイム》が使えないか、散々罵倒されたおかげで分かったのだが、俺がテイムできるのは弱い魔物だけ。スライムはテイムできるが、ゴブリンやスケルトンは鍛錬しないと難しいという始末。

これらの魔物は全て、最弱のＦランクに属していて、魔物のランクは冒険者ギルドという組織が決定している。

冒険者は魔物を倒したり、素材の採取をしたりすることで金をもらい、生活している人たちで、冒険者ギルドは彼らと依頼主の仲介を行っている。

Ｆランクに区分される魔物は総じて、非戦闘員でも武器さえあれば一人で倒せるという弱さだ。てか、スライムにいたっては、子供に踏み潰されただけであっけなく死ぬって聞いたことあるんだけど。

「……まぁ、試してみないことにはなんとも言えんな。スライムならこの街の下水道とかにも普通にいるだろうし、今度試してみるか……」

スライムの主な食事は他の生物の食べかす。故に、下水道とかにはゴキブリの要領で湧くらしい。

ゴキブリと違って、室内には流石にいないけど。

「ん～……あ、そういや魔法もあったな」

俺はベッドからガバッと起き上がると、ポンと手を叩く。

五歳の誕生日が主神エリアス様から祝福《ギフト》を授かる日というのは有名な話だが、この日にはもう一つ特別な意味がある。

それは魔法の解禁だ。

魔法とは体内に宿《やど》る魔力を動力源に、火をおこしたり水を出したりと様々な現象を引き起こすもの。

幼い頃から練習しまくって無双したいって思ったこともあるのだが、魔力回路という、血管のように体内を巡るものが未発達の状態で魔法を使うことはできない。

魔力回路への負荷が大きすぎて破裂してしまい、最悪死ぬと知って、その案は即却下した。

だが五歳になったことで、ようやく魔力回路が魔法の発動に耐えられるまでに発達したのだ。

これはやるしかない。

「今度書庫に行って、魔法についての本を読んでこようかな？」

本来なら、五歳で魔法の家庭教師をつけられるのが貴族家における習わしだが、この状況で俺につけてくれるという甘い考えは、捨てておいた方がいいだろう。

「いや～、頼む。どうか、魔法だけは上手くいってくれ……！」

祝福《ギフト》がダメならせめて魔法の才能はあってくれ。

俺はそう、神に祈るのであった。

……F級の祝福《ギフト》を授けてくれやがりました神に。

◇　◇　◇

数日後。

俺は着替えを済ませると、若干重い足取りで廊下を歩き、食事を食べに向かう。

祝福《ギフト》を授かった日以来、もう両親と顔を合わせたくもないんだよな～。

しかし、まだ俺はフィーレル侯爵家の人間だ。故に、この家の人間として相応しい行動をしなくてはならない。面倒だよな。貴族って。

そんなことを思いながら扉を開けて中に入ると、侮蔑《ぶべつ》の目を向けてくる父と母——ガリアとミリアに形式だけの挨拶をしてから、席に向かう。

しかし、冷たい声で「待て」とガリアに言われ、俺は立ち止まった。そして、ゆっくりとガリアに視線を向ける。

「これから一か月、お前に魔法の家庭教師をつける。出来がよければ以後もつけるが、悪いようならそれで終わりだ」

忌々《いまいま》しいものを見るかのような目で俺を見つめながら、ガリアはそう言った。

なるほど。ダメ元だが、一応魔法の素質も見ておこうって魂胆《こんたん》か。まぁ、たとえ一か月だけでも、得られるものは多いだろうから、普通にこれはありがたい。

「ありがとうございます。父上」

俺は心が全くこもっていない礼を言うと、再び席へ向かい、腰を下ろした。

そのあと、いつも通り朝食を食べ終えた俺は、自室に戻った。そして、しばらく待っていると、コンコンと扉が叩かれる。

お、どうやら魔法の家庭教師とやらが来たようだ。

どんな人だろうか……？

「入ってきてください」

俺が言うと、ガチャリと扉が開き、一人の女性が中に入ってきた。

黒のローブを羽織り、右手に杖を持っている、赤いショートヘアの若い女性だ。

彼女はやや緊張した様子で一礼すると、口を開く。

「本日より魔法をお教えすることになりました。魔法師団副団長の、エリーと申します」

「はい。僕はシン・フォン・フィーレル。短い期間になるかもしれませんが、よろしくお願いします」

俺はエリーさんにぺこりと頭を下げる。

へ～、この人が俺に魔法を教えてくれるのか。割と親しみやすそうだし、いいんじゃないかな？

すると、エリーさんは驚いたように目を見開く。

「その年で、凄く礼儀正しい……あ、すみません。では、まず初めに現在の魔力容量と魔力回路強度を測ります」

そう言って、エリーさんはテーブルまで歩いてくると、その上に金属製のプレートと水晶を置く。

あ、これ本で見たことあるな。

金属製のプレートは魔力回路強度っていうのを測る道具で、魔力回路強度は高ければ高いほど、より強力な魔法が使える。

そして、水晶は魔力容量を測ることができる道具で、魔力容量が多ければ多いほど、体内で多くの魔力を生み出すことができ、魔法を沢山使える。

五歳ではまだ大したことはないだろうが、それでも今の魔力容量と魔力回路強度で、最終的にどの程度まで成長するかは予測できてしまうため、この測定は結構重要な意味を持っている。

もしこの測定結果がよかった場合、ガリアとミリアが手のひら返ししてくる可能性が結構高い。

正直それは……ごめんだ。

これまでの態度で、俺はあの二人のことが嫌いになった。より優秀な人を跡継ぎにしたいと思う気持ちは分からなくもないが、だからといってあれはないだろ。

というわけでこの測定はちょっと手を抜くとしよう。

「では、まずは魔力容量を測りましょう。そちらの水晶に手をかざして、魔力を込めてみてください。体中の力を手のひらに集めて、グッと出すようなイメージをしていただければ、自然とできますよ」

「分かりました」

俺は頷くと、手を伸ばして水晶に右手をポンと置く。そして、魔力を少しずつ込めた。

水晶の中に浮かび上がってきた一という数字が、二、三、四……とどんどん増えていく。

五歳の平均魔力容量は十だったので、それよりも一つだけ下の九になるように調節しよう。

そう思い、俺はだんだんと力を緩めていく。すると、上昇していた数字が六でピタッと止まってしまった。

おっと。力を緩めすぎた。もう少し多くしないと。低すぎると、マジで虐待されそうだからな。

俺は魔力を込める力を少し上げる。

だが、一つ上がって七になるだけ。そこで止まってしまった。

あ、あれ？　そこそこ力入れてるよ？　この調子だと、本気でやっても十行くか怪しいんだけど……

高いことを期待していた魔力容量が、まさかの平凡っぽいことで顔が青ざめるが、深く息を吐いて心を落ち着かせ、今度は全力で魔力を込める。
八、九、十と上がり……十一で、完全に止まった。
「十一……で止まりましたね。平均ぐらいだから、悪い数字じゃないですよ」

結果を見たエリーさんは砕けた口調で褒《ほ》める……というよりは励ますように言う。

俺、そんなに残念そうな顔してたかな？

まぁ……うん。平均か。

最低位だった祝福《ギフト》と比べれば全然いいよ。

ただなぁ……もうちょっと高くてもいいんじゃないかと思うんだけどな～。

でも、しゃあない。これで頑張るしかないか。

「では、次は魔力回路強度を測ります。このプレートを両手で持って、今と同じように魔力を込めてくださいね」

「分かりました」

続いて、俺はエリーさんから金属のプレートを受け取ると、両端を掴み、魔力を込める。今回は、最初から本気だ。

金属プレートに彫られた紋様が淡く光り出したかと思うと、その上に数字が浮かび上がってきた。

その数字は……九。

五歳の平均はこっちも同様に十だから……うん。こっちは微妙に平均行ってないね。

あー、予想はしてたけどさ。ちょっとこれはあんまりだろ……

やべぇ。流石に泣きそう。

すると、俺の感情を察知したのか、エリーさんがおろおろしながら慰《なぐさ》める。

「だ、大丈夫です。九は全然悪い数字じゃないから。基本的な魔法は全て使えるようになるレベルなので、安心していいですよ。世の中には、低すぎて、一切魔法が使えない人も結構います。だから、そんな顔しないで」

「だ、大丈夫です。使えるだけでも、全然嬉しい……です」

うん。そうだよ。使えるだけでもありがたいんだよ。

せっかく異世界に来たのに、魔法が使えないなんて言われたら絶望ものだろ？

それに比べたら、俺はむしろ幸運なんだよ。

うん。そうなんだ。俺は幸運なんだ。

よし。魔法が使えることに感謝しながら生きよう。

こうして、俺はなんとか平凡な測定結果を受け入れるのであった。

その後、俺はエリーさんに連れられて、屋敷の裏庭にやってきた。

これからやるのは、魔法属性の適性検査。

各属性の検査用魔法を詠唱し、発動できるかどうか。そして、発動できた場合はその出力によって適性を判断するらしい。

魔法の属性は全部で八属性ある。火属性《ひぞくせい》、水属性《みずぞくせい》、風属性《かぜぞくせい》、土属性《つちぞくせい》、光属性《ひかりぞくせい》、闇属性《やみぞくせい》、無属性《むぞくせい》、空間属性《くうかんぞくせい》だ。

大抵の人は、高い適性を持つ属性が一つと、そこそこの適性を持つ属性が一つ二つあるって感じだが、俺の場合はどうなのだろうか。

流石にもう高望みはしない。

……ただ、できれば空間属性に適性があるといいなぁと思ったり。

空間属性は、扱うのがもっとも難しい属性だが、その分極めれば超強力になりえる。

転移したり、空間を斬《き》ったり、亜空間に物を収納できたりと、めっちゃ便利だ。

まあ、俺の魔力容量と魔力回路強度では、今後の成長を加味したとしても、そうホイホイとは使えなそうだが……

「この本に書かれている詠唱を、最初のページから順番に言ってください。詠唱はハッキリと言ってくださいね」

エリーさんが一冊の薄くて小さな本を俺に差し出した。

「分かりました」

俺は頷くと、まず一ページ目を開く。

そこには前に本で見たような詠唱呪文《えいしょうじゅもん》が書かれていた。

この世界では、魔法は発動する際は基本的に呪文の詠唱が必要となる。

鍛錬をすれば無詠唱での発動も可能らしいが、それは結構難易度が高いみたいだ。

俺は「ふぅ……」と息を吐いて心を落ち着かせると、詠唱をする。

「【魔力よ。火となれ】」

……だが、特に何も起こらない。

どうやら火属性には適性がなかったようだ。

「はい。では、次のページ、水属性をお願いします」

「分かりました」

ぺらりとページをめくり、俺はそこに書かれている呪文を読む。

「【魔力よ。水となれ】」

……だが、これも特に何も起こらない。

あー、水属性にも適性がないのか。

水属性の応用で氷の魔法も使うことができる。氷の槍とかは、カッコいいから憧れてたんだけどなぁ……

だが、裏を返せば空間属性に適性がある可能性が残っているということでもある。

前向きに考えよう。

そんな感じで、俺はそのあとも風属性と土属性の呪文を詠唱してみたのだが、結果は適性なし。

あれ？　まさかとは思うが、どの属性にも適性がないとか言わんよな？

それだったら、流石に落ち込むんだが……

だんだんと不安になりながらも、俺は次の光属性の呪文を詠唱する。

「【魔力よ。光となれ】」

すると、ここで初めて変化が起こった。

体から何かがすーっと抜けていく感覚を覚えた直後、眼前に小さな光の球が現れたのだ。

目の前で浮遊する小さな光の球は、炎のようにゆらりと揺れたあと、ふっと消えてしまった。

「光属性に適性があるようですね。この感じを見るに、高い適性……ではなさそうですね」

エリーさんがボソリとそう呟く。

へー、これはまだ高い適性じゃないのか。でも光属性は回復系の魔法が多いから嬉しい。

しかし、そうなると、まさか本当に空間属性に適性が――それも高い適性とか？

不安から一転して、希望が見えてきた俺は、次のページにある闇属性の呪文を詠唱する。

「【魔力よ。闇となれ】」

今度は目の前に薄黒い靄《もや》のようなものが現れた。

だが、すぐに空気中に溶け込むようにして、すーっと消えてしまった。

お、闇属性にも適性があるのか。

てか、光と闇って、どっちも純粋な戦闘系じゃないんだよなぁ……

どちらかというと、戦闘補助系なんだよ。この二つ。

まぁ、エリーさん曰《いわ》く、これも高い適性ではないらしい。

つまり、残り二つ——無属性と空間属性のどっちかが、高い属性ということになる。

え？　もうこれで終わりの可能性もあるって？

それは断固として認めたくない！

こうして俺は固い決意を胸に、残りの詠唱を紡ぐ。

そして、その結果は——

「光属性と闇属性の適性率は共に約四十パーセント。そして、空間属性の適性率は約九十パーセントですね。とてもいい結果だと思います」

「はい！」

よし。やったぜ！

いやー、マジで途中ヒヤヒヤしたけど、なんとか空間属性に適性があってよかったー！

しかも九十パーセントだよ。

高い適性の属性って、平均八十パーセントらしいから、これはもう超当たりと言っても過言ではない。

まぁ、いくら適性が高くても、魔法を使うもととなる魔力容量と魔力回路強度が平凡じゃ、結構辛いんだけどね。

すると、エリーさんが口を開く。

「では、これから少し実践《じっせん》といきましょう。ですが、その前に一つ注意を。今後魔法を使う時は、近くの大人に許可をもらってからにしてください。危ないですからね」

「分かりました」

エリーさんの注意に俺はコクリと頷いた。まぁ、頷くだけで十中八九破るんだけどね。

いやでもほら、俺って前世含めたらもう二十三歳よ？

だから実質大人ってことで、覚えた魔法は隠れてこっそりと使うとしよう。

両親が俺のことを大事だと思わなくなったおかげで、俺に対する監視がザルになったのも、だいぶ追い風になっているし。

「まずは光属性と闇属性の二つをやっていきましょう。空間属性は難しい魔法が多いので、その二つをある程度使いこなせるようになってからにしないと、習得するのは厳しいですからね」

エリーさんはまた別の――今度は少し厚めの本を取り出すと、パラパラとページをめくる。

やがて手を止め、そのページを俺に見せてくれた。

「ここに書かれているのが、光属性魔法です。属性について文章で理解するのは難しいと思うから、細かい説明は省《はぶ》きますね」

そう言って、エリーさんは更にページを一枚めくろうと手をかける。

あー！　別に省かなくていいんだよ！

だが、無情にもめくられてしまった。

説明は大事だろうに。パッと見でも結構いいことが書いてあるように見えたぞ？

まぁ、俺は五歳児だからな。難しいことは分からないって思われてるんだよな……

しゃーない。今度久々に書庫に行って、この本を探してみるか。

で、エリーさんが開いたページには魔法の呪文と魔法名。そして、内容が詳しく書かれていた。

「この魔法は【光球《ライトボール》】。さっきシン様が出したものよりも大きくて、強い光を放つ球を生み出す魔法です。腕を伸ばして、手の先に生み出すようなイメージをしながら、詠唱してみてください」

エリーさんは簡単な説明をして、呪文が書かれている部分を指差す。

なーるほど。これは光属性の基礎中の基礎って感じだな。

流石に成功させなきゃマズいだろ。

そう思いながら、俺は右手を前に出し、光の球が浮かんでいる様子をイメージして詠唱する。

「【魔力よ。光り輝く球となれ】」

さっきと同じようにすっと体から何かが抜けるような感覚がしたかと思うと、手のひらの上に直径十センチ弱の光の球がふらふらと浮かんでいる。

よし！　成功だ！

そう思い、俺は内心喜んだが、それで集中が途切れてしまったのがいけなかったのか、【光球《ライトボール》】は霧散《むさん》してしまった。

あーあ。消えちゃった。

でも、一発で発動できたのは結構いいことだと思う。

前世で、ファンタジー小説や漫画やアニメを沢山見まくったおかげで、魔法に関するイメージが人一倍鮮明なことが関係しているのだろうか。

魔法はイメージが大切って、よく聞くからね。

「凄いですね。最初の一回で発動できる人はなかなかいません」

エリーさんは拍手しながら、手放しで俺を褒める。

お、やっぱり一発でできる人はあまりいないのか。

いや〜、これはもう前世のコンテンツに感謝だな。

あとは無意識にできるようにしないと。さっきみたいに、ちょっと集中力が切れただけで発動できなくなるようでは、話にならないからね。

「では、この調子で闇属性の魔法も使ってみましょう」

そう言って、エリーさんは再びパラパラとページをめくり、闇属性魔法のところで手を止めた。

「これは【黒霧《ダーク》】という、周囲に黒い霧を発生させる魔法です。まずは、自分を包み込むようなイメージをしながら、詠唱してみてください」

「分かりました」

なるほど。今度は目くらまし系の魔法か。

「【魔力よ。黒き霧となれ】」

再びイメージをしながら詠唱を紡ぐ。

すると、体中から黒い靄のようなものが出てきて、瞬《また》く間に俺を包み込んだ。おかげで現在、視界は真っ暗だ。

さておき、今は頑張ってこれを維持しないと。

ある程度集中しつつ、リラックスするという難しいことを頑張ってこなすことで、少しずつ無意識に魔法が使えるようになるだろう。

しかし、今の俺にはそんな芸当できるはずもなく、ものの数秒で【黒霧《ダーク》】は霧散してしまった。

まぁ、さっきの【光球《ライトボール》】よりは長く持ったからよしとするか。

「うん。凄い。あとはこれを何度も続けて、少しずつ魔法に慣れていきましょう。それと、体が怠《だる》くなってきたらすぐに教えてくださいね。それは、魔力切れの症状ですから」

「分かりました」

俺は頷くと、再びエリーさんの指導のもと、魔法を使うのであった。

◇　◇　◇

「……ふぅ。少し体が怠いなぁ」

その後、魔法の指導が終わった俺は、屋敷内を歩いていた。

いつもよりも、すれ違う使用人の数がだいぶ少ない。

それもそのはず、父はつい先ほど王都ティリアンへ、多くの従者を連れて向かったのだ。

長い期間かけて色々な会議をするらしく、帰ってくるのは一か月後になると予想される。

ふっ、これは大胆に動くチャンスだ。

今の内に下水道へ忍び込んで、《テイム》の実験をするとしよう。

臭《にお》いとか汚れ？　その辺は問題ないな。

この街の下水道は定期的にちゃんと掃除されてるよ。

一番近い下水道の入り口へと向かう。

あまり一人で遠くに行くのはやめた方がいいが、このくらいの距離なら大丈夫だろう。

到着すると、そこには掃除用具を持ったおじさんがいた。

恐らくこの人は下水道の掃除をしている人だ。

流石に一人で下水道に入るのは心細かったので、俺はその人がいたことに安堵しながら声をかける。

「ちょっといいですか？」

「うお!?　って何故こんなところに子供が？　それにその服……相当いい家柄の子なんじゃないか？　迷子かい？」

おじさんは俺の姿を見るなり、目を見開いて声を上げた。

まあ、当然の反応だよな。

五歳の子供が一人で出歩いていたら、誰だって驚くよ。

ま、そんなことは置いといて、用件を言うか。

「僕は迷子じゃないので大丈夫です。下水道にいるであろうスライムを、僕が先日授かった《テイム》の祝福《ギフト》で従魔にしてみたくてここまで来たんです。もしよかったら、そのお手伝いをしていただけませんか？　一人じゃ心細くて……」

「そ、そうなのか……でも、なんで一人で来たんだ？　お父さんやお母さんと一緒に魔物を捕まえて従魔にしたほうが安全だろう。もしかして何か事情があるのか……？」

おじさんは戸惑いながらもそう言う。

こんなこともあろうかとちょうどいい言い訳を用意してあるから、それで乗り切るとしよう。

「僕はここでお父さんとお母さんに内緒でこっそりと《テイム》の練習をして、驚かせたいのです。お願い……できませんか？」

そして、ねだるようにジッとおじさんのことを見つめる。

五歳の子供にこんな眼差しを向けられれば、当然――

「分かったよ。任せてくれ」

おじさんはグッと親指を立てると、胸を張ってそう言った。

よし。ちょろ……ゴホンゴホン。なんでもないです。

「じゃあ、坊やはここで待っててくれ。俺が一緒でも、やっぱり子供が下水道に入るのは危ないからな」

おじさんは下水道へ続く扉を開けると、颯爽《さっそう》と中に入って行った。

騙《だま》すようで申し訳ないが、別にこれで彼が不利益を被るようなことはない。

安心して、任せるとしよう。

そうして待つこと数分……

「あ、帰ってきた」

奥からタタタと足音が聞こえてきたかと思うと、バケツを抱えたおじさんが現れた。バケツには蓋《ふた》がしてある。

そして、バケツの中からは何かが動く音が聞こえてきた。

どうやらこの中に、スライムがいるようだ。

「はぁ、はぁ……スライムを持ってきたぞ。準備が整ったら言ってくれ。ゆっくりとこの蓋を開けるから、その隙にテイムするんだ」

おじさんは蓋を押さえたまま、バケツを地面に置く。

「ありがとうございます。では、お願いします」

俺は息を整えると、バケツに手をかざしてそう言った。

「分かった。ゆっくりといくぞ」

おじさんはそう言うと、慎重にゆっくりとバケツの蓋をずらしていく。

すると、中にいる半透明で水色のモチモチとした感じの生き物――スライムが、少しずつその姿を現した。

「友達になろう。《テイム》」

俺はそのスライムに優しく語りかける感じで《テイム》を使った。

次の瞬間、スライムと繋がったような感覚になる。表現が難しいが、多分成功したんだと思う。

確認のため、何か命令してみるか。

「スライムさん。手を上げてみて」

この世界のスライムには手や顔はなく、ただのぷよぷよとした塊だから、この指示は違ったかなと思いつつも、少し待ってみる。

数秒後、バケツの中にいるスライムが体の一部を上へと掲げ、あたかも手を上げているような仕草をした。

「成功だ……」

俺は声を震わせながら、喜びを噛み締めて言う。

それにしても、多分今のは俺の言葉を理解して……というよりは、俺の頭の中のイメージ——思いに反応して行動したんだと思う。

スライムは手を上げるという動作を知らないと思うからね。

この様子なら多少難しい命令でも聞いてくれそうだ。

F級ってこんな詳細に命令が下せるものなのか？

てっきり、もっと言うことを聞かせるのに苦戦するかと思っていた。

「おめでとう、坊や。そのスライムはどうするんだ？」

「うん。ちょっと愛着が湧いちゃったから、下水道でこっそりと飼うことにします。事情があって家には連れて帰れなくて……もし清掃の時に見つけても殺さないでください。この子には、おじさんと会ったら合図をするように命令しておくから」

「分かったよ」

おじさんはそう言って、俺の言葉に優しく頷いた。

よし。これでまずは一匹ゲット。

そういえば、《テイム》って従魔と視覚の共有もできるんだよな？

下水道は色んな場所に繋がっているから、視覚を共有すれば、街の様子を屋敷の中から見て、楽しむことだってできる。

F級で視覚共有したり、遠隔で命令したりすることができるのか不明だが……まぁ、そこら辺の実験もしていくとしよう。

ちなみに魔法と祝福《ギフト》は全く別のものなので、《テイム》の能力を使う時は魔力や呪文は使わない。

「では、スライム……いや、ネム。頼んだよ」

しれっと名付けつつ、俺はスライム——ネムに頭の中で頼み事をする。

言葉ではなく、思いに反応して行動したことから、恐らくこれだけでも俺の考えは伝わったはず。

「きゅ！　きゅ！」

俺の命令を聞いたネムは、可愛らしい声を上げながら、体を上下に動かす。

了解……とでも言っているような感じだ。

「ほう。随分と懐《なつ》いてるな」

おじさんはそんなネムを見て、感心したように言う。

「うん。あ、そろそろ家に戻らないと。おじさん、ネムを下水道に戻してください。あと、掃除頑張ってください！」

「おう！　頑張るよ！　坊やも元気でな！」

俺のお子様スマイルをもろに受けたおじさんは、にっこりと微笑むと、ガッツポーズをして頷いた。

あー、やっぱお子様スマイルは反則だな。それも、俺って自分で言うのもなんだが結構美形だからね。

俺はおじさんに軽く手を振ると、足早に屋敷へと駆け出した。

その後、屋敷に帰り、自室へと戻った俺はベッドにゴロリと仰向けで寝転がると、口を開く。

「さてと。んじゃ、早速ネムの視界を覗いてみるか」

そう呟き、俺は自身とネムの間にある繋がりを意識して、ネムの目に入り込むイメージをする。

フワッと視覚が切り変わり、真っ暗になった。

ぴちゃぴちゃと水の跳《は》ねる音が反響するように聞こえてくる。どうやら成功のようだ。

「よし。成功だ。てか、音が聞こえるってことは、何気に他の感覚も共有できてるのか。これ結構凄いことだよな？　……あとは、この距離から命令を出せるかだが……」

俺は若干不安になりながらも、下水道を進むネムに命令を下す。

「ネム。俺の思いが伝わっているのなら、そこで立ち止まってくれないかな?」

すると、さっきまで聞こえていたぴちゃぴちゃという音が止まった。

本当に、立ち止まった……!

「ネム。再び目的地へ――下水道の外へ向かって進んでくれ」

なんと、再びぴちゃぴちゃと音が響き始めたのだ。

「よし。これは成功で間違いないな」

俺は思わずニヤリと笑う。

F級では厳しいだろうと思っていたのだが、まさか成功するとはね。

これはマジでありがたい。

感覚が共有できれば、街の様子を好きに楽しむことができるだろう。

でもヘマしてネムが見つかったら、最悪殺されちゃいそうだから、そこは気をつけないと。

「……あ、光だ」

進んでいくと、やがて先の方にうっすらと光が見えてきた。間違いない。あそこが出口だ。

すると、俺の気持ちを汲《く》んだのか、ネムの進む速度が若干速くなった。

ぴちゃぴちゃぴちゃぴちゃ……

そしてついに、下水道の外に出ることができたのだ。

「よし。さて、ここはどこだろうか……?」

俺は、ネムに周囲を見渡すよう命じながらそう呟く。

上には青空が見え、目の前には川……と、川にかかった橋を渡る多くの人。

「やっぱりあの川に出たか」

シュレインには、都市を南北に区切るように横断する川が流れており、この街に住む人々の生活用水となっている。

下水道から出たすぐの場所であることから、ここは川下である東の方なのだろう。

「さてと……まずは道に上がらないとな」

ただ、どうやって行けばいいのだろうか。

歩くことができる道は今いる場所から二メートルほど上にあり、階段や梯子は近くにない。

川の両側の石垣をよじ登るのも無理そうだ。

スライムでは、どうやったってここから出ることはできない。

唯一できることは、川に流されることで、街の外へ行くぐらいしか……

「う～ん……川の先には確か森が広がってたよな。ただ、そこへ行かせるのは結構危険だな……」

俺は腕を組みながら、ムムムと唸る。

スライムは簡単に見つけられるとはいえ、初めてテイムし、名前まで付けたこの子を捨て駒にするような行動は取りたくない。

あの森には、スライムよりも強い魔物が沢山いるんだよ。

やれやれ。愛着が湧いてしまうのも考えものだなぁ……

「……しゃーない。一旦下水道に戻ってくれ。何匹かスライムをテイムして、森へは余裕ができてから偵察に行かせるとするか」

俺はネムに命令をして、下水道へと戻らせる。

すると、前方に何か動くものが見えた。

「なんだ⁉　……ああ、スライムか」

そこにいたのは、一匹のスライムだった。

スライムは共食いとかはしないので、特に警戒する必要もないだろう。

ここで、ふとあることを思いつく。

「ここから遠隔でテイムできないかな？」

そんな反則じみたテイマーなんて聞いたことないが、別にやってダメでも損はしないし、試せることは試しておかないと。

そんな思いから、俺は目の前でぽよんぽよんと可愛らしく上下に動くスライムに《テイム》を使う。

「……ん⁉　繋がった⁉」

何故か、成功したのだ。

まさかの成功に、俺は思わずガバッとベッドから起き上がる。

そのせいで一時的に視覚共有が切れたが、すぐにネムと視覚を共有すると、俺は唇を震わせた。

「マジかよ。マジでやべぇな……」

目の前にいるスライムをジッと見つめながら、俺は感嘆の息を漏らす。

信じられず、再び自身の感覚を確かめてみるが、確かに繋がりが一つ増えているのが感じられる。

「……変わってみるか」

俺は確認するため、視覚をそのスライムに移す。

ふっと視覚が切り替わった。

目の前には一匹のスライム。そして、その後ろには下水道の出口。

視覚共有ができるということは、テイムできているという確固たる証拠だ。

ああ、確定だ。

どうやら俺はテイムした魔物の視覚越しに、他の魔物をテイムできるらしい。

「……ははっ、《テイム》でこんなことができるなんてな。S級でも絶対無理だろ。聞いたことがないし。もしや、これが転生特典とか……？」

いや、流石にそりゃないか。

だったら、なんでわざわざF級にしたんだって話になるし。

ていうか、そもそも神と呼ばれる存在がいるのかすらも分からない。

確かに祝福《ギフト》はあるけど、それを神が与えているという証拠はどこにもないしな。

「まぁ、可能性が広がったのは嬉しいことだ。ネムだけはこっちに移動させとくか。来てくれ、ネム」

視覚共有を切ると、俺はネムを改めてこの部屋に召喚した。

パッと目の前にネムが現れる。

「おっと」

俺はネムを両手で包み込む。

ネムは体長十五センチほど。五歳児の俺では、ちょっと大きめに感じるな。

「きゅ！　きゅ！　きゅ！」

ネムはまるで主人に懐く子犬のように、べったりと俺にくっつく。

う、すまん。流石に臭《くさ》い。あと、下水道の汚れが……

だが、問題ない。これは想定していたことだ。

「【魔力よ。光り輝き浄化せよ】」

俺は呪文を唱えた。

俺とネムは光に包まれたかと思うと、汚れが綺麗さっぱりなくなった。

「これでよし」

「きゅきゅ？」

ニヤリと笑う俺に、ネムは不思議そうに首（？）を傾げた。

使った魔法は、つい先ほどエリーさんに教えてもらった光属性の魔法――【浄化《クリーン》】だ。

今みたいに、大抵の汚れは消すことができる。

きっつい汚れは何度もかけなきゃダメだろうけど、この街の下水道に住んでいたネムなら、これくらいで十分綺麗《きれい》にできる。

【浄化《クリーン》】で発生源がなくなったおかげで、臭いもだいぶ消えた。

まだ少し空気中に残っているが、しばらく経てば消えることだろう。

「よしよし。こうして見ると、結構可愛いな」

「きゅきゅきゅ！」

ネムの体はひんやりとした柔らかいゼリーのような触り心地で、結構気持ちいい。

そして、子犬のように懐いてくれる。

ははは……どんどん愛着が湧いてくるな。

一部の貴族の間でスライムを飼うのが流行っていると耳にした時は不思議に思ったが、今ならよく分かる。

「さてと……あ、あっちのスライムは何やってんだろ？」

命令していない時はどうしているのかと疑問に思った俺は、下水道に残ったスライムと視覚を共有する。

先ほどと同じようにぴちゃぴちゃと音がする。

どうやら、普段と同じように過ごしているようだ。

……あ、いいこと思いついた。

「あのさ。スライムと出会ったら、俺にそのことを伝えるっていうのは……できる？」

『きゅ！』

俺の質問に、下水道にいるスライムが元気よく返事をした。

へ～、できるんだ。

「んじゃ、スライムを見つけたら教えてくれ。頼んだよ」

そう言って、俺は視覚を自身に戻すと、再びネムに視線を向ける。

「きゅ！　きゅ！　きゅ！」

ネムがぽかぽかと腕（？）で俺を叩いている。

あれ？　なんか怒ってるような感じがするんだが……

「怒ってる？」

「きゅ！」

当然とでも言うように、ネムは頭（？）を動かして頷いた。

あ、やっぱり怒ってたか。にしても何故……

「……あ、もしかして、他のスライムと話してたから？」

思い当たる節がそれしかなく、俺はそう問いかける。

すると、ネムは「きゅ！」と強く頷いた。

嫉妬《しっと》かーい。てか、スライムも嫉妬するんだな……

「あー、そうか……大丈夫だよ。ネムが最初にテイムした魔物だからね。特別扱いするさ。だから、他の従魔と会話したり、多少仲良くしたりするぐらいは許してくれよ」

そう言いながら、俺はネムの体を優しく撫でる。

それだけで上機嫌になったのか、ネムは「きゅきゅ！」と鳴き声を上げて、頷いてくれた。

「うん。ありがとう。あ、そういやネムの隠し場所はどうするか……」

ここに呼んだはいいものの、隠し場所がない。誰かに見つかるのは避けたいからなぁ。

なんかめんどくさいことになりそうだし。

俺はネムを抱きかかえたまま、ゴロリと寝転がり、天井をぼんやりと眺める。

「ん～……あ、あそこだ！」

俺は天井の小さな隙間を指差すと、声を上げた。

使用人だって、天井裏までは毎日掃除しない。年に一回ぐらいはしそうだが、その時は上手いこと隠れてもらうようにしよう。

そう考えた俺は、早速ネムに声をかける。

「ネム。俺がこの部屋から出ている間は、あの隙間から天井裏に入って、そこに隠れてくれないかな？」

「きゅっきゅっ！」

俺の言葉に、ネムは首（？）を横に振った。できない……じゃなくて、嫌だってことか。

理由は恐らく、俺と離れたくないからだろう。さっきの嫉妬ぶりを見れば、容易《たやす》く推察できる。

確かに、俺もできれば一緒にいたいけど、ネムを隠しながら持つことはできない。

「うん。その気持ちは分かるよ。ただね。もし、君の存在がバレてしまったら、二度と俺と会えなくなってしまうかもしれないんだよ。それは嫌だろ？」

「きゅ!?　きゅきゅきゅ！」

俺は優しく諭《さと》すように、ネムに説明する。

ネムは俺の言葉にビクッと体を震わせ、ぶんぶんと頭（？）を上下に振った。

どうやら説得には成功したみたいだ。

「うん。ありがとう。まぁ、基本この部屋にいるから、安心して」

そう言って、俺はネムを撫でる。

すると突然、頭の中に鳴き声が響き渡った。

『きゅきゅ！』

「ん!?　……ああ。あっちのスライムか」

俺は一瞬驚いたが、すぐに下水道にいるスライムの鳴き声であると理解し、そのスライムに視覚を移す。

直後、視界が真っ暗になった。だが、目の前に何かがいるということは分かる。

「……なるほど。スライムを見つけたのか。では、《テイム》」

俺は目の前にいる何かがスライムであると判断し、即座に《テイム》を使う。

すると、目の前にいるスライムと繋がる感覚がした。

「よし。成功だな。じゃ、新入りの君はこのまま下水道を出て、川を下り、その先にある森を目指してくれ。着いたら報告を。誰にも見つからないように気をつけてくれ」

『きゅきゅ！』

俺の命令に、新しいスライムは元気よく鳴き声を上げると、ぴちゃぴちゃと水音を立てながら、去って行った。

もしかしたら、あのスライムは死んでしまうかもしれないが……その時は仕方ないと割り切ろう。

無論、死なせないように手は尽くすつもりだが、それでも万が一ということはあるのだ。

何せ、スライムは最弱クラスの魔物の中でも、特に弱いのだから。

「……ふぅ」

俺は息をつくと、視覚を元に戻す。

そして、相変わらずじゃれてくるネムを優しく抱きしめるのであった。

◇　◇　◇

数日後の朝。

朝食を食べ終えた俺は、ベッドに寝転がりながらネムを撫でていた。

ただし、視覚は街に放った一匹のスライムに移している。ついさっき、このスライムから新たなスライムを見つけたという報告があったんだよね。

「よし。《テイム》！」

俺は慣れた動作で目の前にいるスライムをテイムすると、繋がりがあることをちゃんと確認する。

「……うん。問題ない。じゃ、戻るか」

そう呟くと、俺は視覚を自身のものに戻した。

ここ最近は、ずっと《テイム》を使っている。

森や街に放ったスライムの視覚から情報を得つつ、新たなスライムを手に入れるって感じだね。

ただ、この前自室でぶつくさ独り言を言っているのが家のメイドにバレてめんどくさいことになったため、今はだいぶ小声で喋っている。

とまあ、こんな感じのことを繰り返していたら、いつの間にかテイムしているスライムが五十匹を超えてしまった。

「これは異常だよな……？　うん。やっぱり異常だよな？」

「きゅきゅきゅ？」

俺はネムを撫で、訝《いぶか》りながら呟く。

確かに、弱い魔物は沢山テイムできると本には書かれていた。

だが、たとえスライムでも、せいぜい十匹が限界とあった。ましてや、俺はF級なので、それよりも更に下だと思っていた。

それなのに何故、五十匹以上もテイムできているのだろうか……？

しかも、未だに限界は感じておらず、まだまだテイムできると思う。

「なんでだろうな……と考えても、理由なんて分からんな……あ、転生者だから……とか？」

結局これといった理由は出てこず、俺はため息をつくと、今度は森にいるスライムの視覚に移る。

すると、そこには大自然が広がっていた。

周囲一帯が草木で覆《おお》われており、まるでジャングルの奥地に迷い込んだようだ。

これはスライムという、俺の体よりもずっと小さいものの視覚で見ているから。

「いや～、こうして色々なところを安全な場所から見られるって、結構凄いことだよなぁ……」

初めはハズレだと思ったＦ級の《テイム》。

確かに強い魔物はテイムできないので、戦闘面では微妙なところがある。

だが、こうして情報収集に使えるのは有用だ。

それに、俺は他のテイマーより多くの魔物をテイムできるみたいだし、その魔物越しにテイムすることだってできる。それに祝福《ギフト》は魔力を使わないから、ホイホイ使うことができる。

まだまだ未知数なため、今後どんどん使い方を開拓《かいたく》していけば、いずれＳ級祝福《ギフト》の使い手に引けを取らない実力が手に入るやもしれない。

コンコン。

その時、部屋の扉がノックされた。

この時間帯に来る人といえば、一人しかいない。

俺は即座にネムを天井裏へと向かわせると、口を開く。

「入ってください。エリーさん」

ギィッと扉が開き、エリーさんが入ってきた。

エリーさんはその場で一礼をする。

「おはようございます、シン様。本日はここで授業をしたいと思います」

「あ、そうなんですね。分かりました」

俺は子供らしい笑みを浮かべながら頷くと、ベッドから下り、椅子に座る。

そして、エリーさんは俺の前にあるテーブルの上に本を置いた。

「では、本日から空間属性の魔法の練習をしてみましょう」

お、ようやく空間属性に入れるのか。

空間属性に関する書物は大体読んでいるのだが、ミスった時の代償が大きいという理由で、教わるまでは使わないでおこうと決めてたんだよね。

焦って使おうものなら、絶対ろくなことにならない。

「空間属性の魔法は全属性の中で、もっとも難しいです。そして、事故の起きやすい魔法でもあります。なので、私の指示に従って、気をつけてやってくださいね」

「分かりました」

「はい。では、最初は空間属性の基礎となる魔法を習得しましょう」

そう言って、エリーさんは本をパラパラとめくる。そして、ピタリと手を止めると、ある部分を指差した。

「こちらに書かれている【空間把握《スペーシャル》】が、最初に覚えてもらう魔法です。自分の周囲の空間を把握する……という、説明が難しいものです。簡単に言えば、この部屋の広さを正確に感知することができる……といったところでしょうか。とにかく実践あるのみです」

「分かりました」

この辺は随分前に本を読んでいたおかげで知っている。

空間属性の魔法って、こんな感じの凄く感覚的なものが多いんだよね。

火を生み出すとか、水を生み出すとか、そういうイメージしやすいやつじゃない。

それが、空間属性がもっとも難しいと言われる理由の一つなのだ。

「まずは詠唱してみてください。目を閉じて、周囲にある家具など……色々なものを感じ取るようなイメージをするとよいでしょう。難しいと思いますが、諦めずに繰り返しやってみましょう」

「……やってみます」

確かにこれは難しい。

だって、空間を把握しろって言われても、上手く説明できないだろ？

言ってしまえばこれは完全な感覚……つまりは慣れが必要だ。

何度も挑戦して、自力で手がかりを見つけるしかない。

俺は息を吐くと、目を閉じ、詠唱する。

「【魔力よ。この空間に干渉せよ】」

直後、何かフワッとした感覚があった。

だが、それだけだ。正直言って、魔法の効果は感じられない。

……どうやら、失敗してしまったようだ。

「……無理でした」

「そうですか……ですが、見たところ発動はできているようです。それだけでも十分上出来かと思います。あとは何度も何度も繰り返し挑戦すれば、シン様であれば、そう遠くない内に使えるようになりますよ」

「分かりました」

エリーさんの言葉に俺は頷くと、再び【空間把握《スペーシャル》】を発動させるのであった。

◇　◇　◇

それからというもの、俺は空間属性の魔法の猛練習を続けた。

毎日毎日、魔力が枯渇《こかつ》しても魔力《マジック》ポーションで回復して再開。

ポーションは薬草をもとに作られた魔法液で、怪我を癒してくれる。そして魔力《マジック》ポーションは魔力を回復する効果がある。

そんな日々を過ごすこと――一か月。

「きゅっ！　きゅっ！　きゅっ！」

「おいおい、くっつきすぎだよ……全く。まぁ、いいんだけどな」

朝食を食べた俺はネムを膝の上に乗せながら、椅子に座っていた。

「ふぅ……【魔力よ。この空間に干渉せよ】」

いつものように【空間把握《スペーシャル》】を行使する。

そしてこの部屋がどの程度の広さなのかと、置かれている家具の位置と大きさが、すっと頭に入ってきた。

「……よし。だいぶ【空間把握《スペーシャル》】ができるようになってきたな。これだけ使えれば、他の空間属性の魔法も習得できるんじゃないかなぁ……」

何度も何度も反復練習をした成果を感じ、俺は頬を緩ませる。

すると、突然頭の中に鳴き声が響き渡った。

『きゅきゅ！』

俺はすぐさま繋がりを辿って、視覚をそのスライムに移す。

あれから更に沢山テイムし、今やスライムは千匹を超えている。

おかげで、俺を呼ぶスライムがどのスライムなのか判別するのに、ちょっと手間がかかるんだよね。

「《テイム》」

視覚が移ったことを確認した俺は、即座に《テイム》を使う。そして、繋がりができたことを確認すると視覚を元に戻した。

これも慣れたもので、今では十秒かからずにこの動作を済ませることができる。

「は～、あ……ん？」

また別のスライムから連絡が入る。

このスライムは、屋敷の入り口にある木の上に監視カメラみたいな感じで設置したやつだな。

「ああ、父……いや、ガリアが帰ってきたのか」

俺はそのスライムに視覚を移す。

「旦那様。到着いたしました」

「ああ。ご苦労であった」

そこには、御者に声をかけられ、馬車から降りるガリアの姿があった。

「ちっ、面倒だ。まぁ、今の俺には仲間がいる。一人じゃないんだ」

そう言って俺は視覚を戻すと、膝の上のネムを優しく撫でる。

「きゅきゅ！」

すると、ネムは甘えるように俺に体を押し付けた。

相変わらず可愛い奴だ。

ネムと他のスライムを比べると、その扱いには天と地ほどの差があるが……まあ、千匹を超えるスライムたちに分け隔てなく接するのは無理があるからね。

仕方のないことだ。

「この調子でどんどんスライムをテイムしていけば、なんだかんだ言って結構強くなれるんじゃないかな？」

いや、それよりも――

「世界中にスライムを配置して、あらゆる情報を握り、世界を裏から支配する。そんな厨二っぽいこともできるかも」

誰かが聞いたら痛いと言われるような夢を、俺はニヤリと笑みを浮かべながら口にした。

◇　◇　◇

王都から帰ったガリアは従者を連れて屋敷に入った。

すると、そこには頭を下げるギュンターの姿があった。

「屋敷の管理、ご苦労であった。何か問題はあったか？」

「問題は特にございませんでした」

「そうか。ならよい」

ガリアは厳格な態度でギュンターの言葉に頷いた。

そして、そのまま執務室へと向かう。

「……ああ。魔法師団副団長、エリーを連れてこい。シンの様子を知りたいからな」

途中、思い出したように、ガリアは横を歩くギュンターに命令する。

ギュンターは「かしこまりました」と言って、近くにいた従者の一人に至急エリーを連れてくるよう命じる。

その後、執務室に着いたガリアは、ギュンターと二人だけで部屋の中に入った。

そして、ガリアは椅子に座り、その横にギュンターが控える。

「……は～、疲れた」

ギュンター以外誰もいなくなった途端に、ガリアは引き締めていた顔を緩めると、気の抜けた声でそう言った。

「ははは。お疲れですな。やはり、王国貴族会議は大変でしたか？」

「ああ。もう大変どころではない。どいつもこいつも派閥争いばかりして……まぁ、おかげで私のような中立派が一番利益を得ているのだから皮肉なものだ。だが、派閥争いで国が崩壊したら、私も利益どころではないな……」

ガリアは深くため息をつく。

ガリアにとって、一番大切なのは己の利益。故に、その利益を得られる場所を失うのは避けたいのだ。

それに国が崩壊すれば、最悪の場合革命などが起きて、命を狙われる可能性すらある。

コンコン。

そこへ部屋の扉がノックされた。

ガリアは顔を引き締め、低い声で「入れ」と言う。

直後、扉が開き、一人の女性が入ってきた。

その女性——エリーは一歩前へ進んで礼をすると、ガリアのもとに歩いていく。

そして、執務机から数歩分離れた場所で立ち止まり、頭を下げ、口を開いた。

「魔法師団副団長エリー。ただいま参りました」

「ああ、よく来たな。では、早速本題に入ろう。シンの魔法はどうだった？」

一瞬、ガリアの目が冷ややかなものになる。

それを見たエリーは一瞬動揺するが、自分を落ち着かせると言葉を紡ぐ。

「はい。こちらが初日の測定結果をまとめたものになります」

そう言って、エリーは数歩歩いて、手に持っていた一枚の紙をガリアに差し出す。

紙を受け取ったガリアは、忌々しいものを見るような目で内容を確認する。

（ちっ、平凡もいいところだな。祝福《ギフト》が酷すぎた分、魔法は優れているかもと、淡い期待を抱いた私が馬鹿だった。あいつはゴミだ。レントが祝福《ギフト》を授かるまで、念のため屋敷に置いておくが、いずれ我がフィーレル家から追い出してやる）

そして、怒りをぶつけるかのようにグシャ……と、ガリアは測定結果の紙を握り潰した。

「もういい。シンにこれ以上魔法の指導はするな。無駄だからな」

無駄……という言葉にエリーはピクリと反応し、声を出そうとするが、すんでのところで呑《の》み込《こ》む。

ここで意見したら、どう考えてもろくな目に遭わないからだ。

「武術も教えようかと思ったが、それも無駄だな。これからはレントに期待するとしよう。下がれ」

「……はい。失礼します」

エリーはそう言って頭を下げると、モヤモヤとした心持ちのまま、部屋から出て行った。

（シン様はとても魔法ができるお方だ。魔力容量と魔力回路強度は指標の一つでしかない。その二つが平凡でも、強者と呼ばれた魔法師は少なくない。それくらいガリア様なら分かるはずなのに何故……）

エリーは廊下を歩きながら、疑問に思う。

（もしかして、シン様とガリア様は仲が悪いのだろうか）

測定結果を受け取ろうとした時から、ガリアの機嫌は悪かった。

「分からない……ですね。できればもっとシン様には色々とお教えしたかったけど……流石に逆らえない」

物覚えがよく、どんどん成長していくシンの行く末を見たい……という気持ちを心の中に押し込めたエリーは、人知れず深く息を吐くのであった。

一方その頃、ガリアはギュンターに書類を取ってくるよう命じると、鍵付きの引き出しに視線を移す。

これは魔力認証型の鍵で、本人以外が開けることは絶対にできない。

ガチャリ。

ガリアは手をかざして鍵を解除すると、引き出しを開ける。

「よし」

そして、中から紙に包まれた何かを取り出すと、手際よくそれに火をつけ、煙を口から吸う。

「すぅー……はぁ。すぅー……はぁ。やはり、ストレスが溜まった時はキルの葉を吸うに限るな」

ガリアは途端に上機嫌になりながらそう呟いた。

そして吸い殻を引き出しの中に戻し、鍵をかける。

キルの葉は世界的に悪名高い中毒性のある植物で、燃やして煙を吸うと気分が高揚《こうよう》したり、一時的に頭の回転が速くなったりする。

しかし吸いすぎると脳が縮んだり、魔力回路の疾患を引き起こしやすくなったりする。

故に、グラシア王国では違法薬とされていて、所持していれば、誰であろうと処罰される。

だが、ガリアはこのキルの葉を持っている。それが違法であると知りながら――

第二章　新たな人生の始まり

祝福《ギフト》を授かってから二年経過し、俺は七歳になった。

両親とは、もうほとんど会っていない。食事も今や自室で一人。

だが、顔を合わせるたびに嫌な顔をされるので、むしろありがたかった。

兄弟はというと、俺が六歳の時、新たに弟が生まれた。

俺が祝福《ギフト》を授かるまでは、家族五人でずっと仲良く暮らしていこうなんて言っていたのに。

レントが授かる祝福《ギフト》がダメだった場合の保険として、予定外の子供を作ったといったところだろうか。ガリアは本当に子供のことを駒としか思ってないな。

そしてレントはつい最近三歳になり、盛大なパーティーが開かれたらしい。

ちなみに、その一か月前にあった俺の誕生日の時はなんもなかったよ。祝ってくれたのはネムだけだ。

べ、別に悲しくなんかないぞ！

……ゴホン。で、問題は姉のリディアだ。

あいつは俺の祝福《ギフト》がしょぼいことを知ったのか、よく馬鹿にしてくるんだよね。

ガリアとミリアが見て見ぬふりをしていることが、その行動を増長させている。

「……ちっ」

ほら、今日も来た。

剣術の鍛錬をしようと、廊下を歩いて庭へ向かっていたら、後ろから忍び足でリディアが近づいてくるのを感じた。

【空間把握《スペーシャル》】を使わずとも分かるぐらい、幼稚な忍び足だ。

ポタッと雫《しずく》が落ちる音が数回聞こえたことから、多分リディアは水が入ったグラスを持っている。どうせそれを後ろからかけて、俺をびしょ濡《ぬ》れにして笑うつもりだろう。

「面倒だな」

俺はボソリと呟く。

魔法を使えば防げるのだが、こんな奴のために魔力を使うなんてもったいない。

魔力容量を増やす特訓は暇さえあればやっているのだが、それでも平凡の域から抜け出すことはできていない。だから、ほいほいと魔法は使えないんだよ。

現に、ついさっきまで部屋で空間属性の魔法の特訓をしていたせいで、魔力がほとんどないのだ。

すると、バシャッと頭の上から水が降ってきた。

髪の毛と服がビッシャビシャに濡れて、気分が悪い。

「あら、ごめんなさいね。ちょっと手が滑《すべ》ってしまったわ」

リディアはわざとらしくそう言うと、イラつく笑い方をする。

だが、俺は無視して歩き続けた。鍛錬用の服が濡れたところで、どうということはない。髪もそうだ。

どうせあとで汗だくになるんだ。俺はそう思いながら、歩き続ける。

パリン！

「あー、私が大切にしているグラスを割るなんて、酷いですわ！」

後ろから聞こえてきたが、構わず歩く。

ああいうのは、構うだけ無駄なんだ。

だが――

「いつか見てろよ」

誰にも聞こえない声で、俺はそう呟いた。

やがて人がほとんど来ない裏庭に着き、俺は革袋から木剣を取り出して、素振りを始める。

これでも俺は前世では中学高校の六年間、剣道部に所属していた。

段位は三段――まぁ、順当だったな。

ちなみに、同年代で比べると上の下。意外と悪くはないんだよね。

「はっ！　はっ！　はっ！」

竹刀《しない》とはまた違った感触の木剣を、俺は黙々《もくもく》と振り続ける。

こうして俺は、書庫から引っ張ってきた本を参考に、剣道とはまた違う剣術の練習をした。

本当は相手が欲しいのだが、残念なことにいない。でもないものねだりをしても仕方がない。

今はとにかく力を蓄えて、今後に備えないと。

そして、いつかここを追い出された時に、密かに憧れていた冒険者になるんだ。

「……は～あ。疲れた」

◇　◇　◇

数時間後。

俺はベンチに座りながら、タオルで額の汗を拭った。

やっぱ適度に体を動かすのは楽しいね。頭がすっきりする感じだ。

マジでここでの生活は、ストレスが溜まって溜まってしょうがないからな。

こうやってストレス発散しないと、マジでやっていけないんだ。

「さて、戻るか」

俺は木剣を革袋にしまうと、呪文を唱える。

「【魔力よ。空間へ干渉せよ。空間と空間を繋げ。我が身をかの空間へ送れ】」

直後、俺の足元に白い魔法陣が現れた。そして、その魔法陣が淡く光り出し、次の瞬間、俺の体は自室に移動していた。

「よっと。だいぶ慣れてきたな」

これは最近になって、ようやく使えるようになった【空間転移《ワープ》】の魔法だ。その名の通り、指定した場所へ一瞬で転移できる。

ただ条件があり、転移できるのは過去に【転移座標記録《ワープ・レコード》】というまた別の魔法で、座標を記録している場所のみ。

全く知らない場所とか、ただ見ただけの場所とかには、転移できないのだ。

「さてと。そんじゃ、着替えるか」

そう呟くと、俺は服を脱ぎ、籠《かご》に入れる。そしていつもの貴族用の服に着替えた。

「はぁ……ネム。出てきていいよ」

ベッドの縁《ふち》に腰かけた俺は、虚空《こくう》に向かって言う。すると、天井の隙間からネムが顔（？）を出した。

ネムはそこから勢いよく飛び出ると、俺の肩にしがみつく。

「おおっと。ははは。寂しかったか？」

「きゅきゅ！」

当然とでも言いたげなネムを、俺は笑みを浮かべながら優しく撫でる。

やっぱ、日常に癒しは必要不可欠だな。

特に、ストレス続きの毎日であればなおさらだ。

「あ、俺が鍛錬している間に他のスライムから連絡は来た？」

「きゅきゅきゅ！」

俺の質問に、ネムは元気よく頷く。

現在俺がテイムしているスライムの数は、十五万匹を超えた。

テイム用のスライムはかなり選別しているが、それでもここ最近は一日二百件以上連絡が来る。

そして、彼らにはネムに一旦報告して、緊急事態の場合だけ直接俺に伝えるよう言ってあるのだ。

色々試していたら判明したんだけど、テイムしたら俺とだけでなく、魔物同士でも遠隔で会話ができるみたいなんだよね。

さて、鍛錬していた二時間ちょいで、何件ぐらい来たのだろうか……

「よし。連絡したスライムたち、順に報告してくれ」

俺はスライムに命令を下す。

すると、すぐに一匹のスライムから『きゅきゅ！』と連絡が来た。

即座に繋がりを辿って視覚をそのスライムに移す。そして《テイム》を使うと次に連絡が来たスライムの視覚に移動する。

一匹あたりにかかる時間は驚異の一秒弱。そんな早業を何十回とやり、連絡が来なくなったことを確認すると、視覚を元に戻す。

そして視覚を戻した俺は、今テイムしたスライム全てに『生存を第一に考えながら、今いる場所の周辺にいてくれ』と命令した。

「よし。こんなとこか」

俺はそう呟くと、ネムを胸に抱いたまま、ベッドに仰向けになる。

「この二年間で、俺の能力もだいぶ成長したな……」

「きゅきゅきゅっ！」

今やスライムは、シュレインと近くにある森だけにとどまらず、王都ティリアンや他の街にも配置して、情報を収集している。

まれに貴重な情報――例えば貴族家の弱みなどもあり、やりようによってはいくつかの貴族家を裏からコントロールすることだってできるだろう。

これを知った時は思わずニヤリとしてしまった。

ただ、弱みを握っているってバレたら殺される可能性が大いにある。だから、いざという時の最終手段にしておこう。

「さて、多分俺がここにいられるのは短くて二年。長くても五年かな……？」

俺はボソリと呟く。

何せ、あと二年でレントが五歳になり、祝福《ギフト》を授かるのだ。その時に多分俺は厄介払いされる。

それと、なんで長くても五年なのかと言うと、貴族は十二歳になったら、誰であろうと強制的に王都にある学園に六年間ぶち込まれるんだよね。そこで色々と繋がりを作ったりするそうだ。

そんな大切な学園に、Ｆ級の祝福《ギフト》を持った子供を入れようものならとんでもないことになる。

それを回避する手っ取り早い方法が、それまでに勘当する……というわけだ。

病気などの理由をつけて行かせない方法もあるが、それが原因でよからぬ噂が立つかもしれない。

「それまでに、少しでも強くならないとな。俺の最大の強みは十五万を超える大量のスライム。これを生かして他にも何かできないだろうか……？」

そんな俺を、ネムは「きゅ？」と不思議そうに見ていたのであった。

◇　◇　◇

更に二年が経ち、俺は九歳になっていた。

そして、今日は待ちに待った……というほどでもないが、レントの五歳の誕生日なのだ。

さて、レントは一体どんな祝福《ギフト》を授かるのだろうか。

「……お、教会に着いたか」

都市中に配置したスライムたちの視覚を次々と移り続けることによって、馬車の動向を常時監視していた俺は、ぼそりとそう呟いた。

そして、教会に入るガリア、ミリア、レントを確認すると、俺は視覚を教会内部に潜入させているスライムに移した。

「ようこそおいでくださいました。ご子息のお誕生日、誠におめでとうございます」

教会の天井から、俺は前と変わらぬ挨拶をする司教を見下ろす。

司教に対してガリアが応えると、司教は早速レントを主神エリアス様の像のもとへ促した。

レントは堂々とした居振る舞いで主神エリアス様の像のところまで来ると、膝をついて手を組む。

「レントはあれだね。よくも悪くも、堂々としてるんだよね」

確かに貴族なら、堂々とするのは正しい。消極的な仕草では、侮《あなど》られるからね。

ただ、リディアに唆《そそのか》されたのか、ガリアから俺のことはぞんざいに扱っていいって聞いたのか分からんが、レントって堂々と嫌がらせをしてくるんだ。

リディアは多少なりとも周りの目を気にしているのだが、レントはもう……本当に色々とやってくる。

隠す気もなく正面から水ぶっかけてきたり、祝福《ギフト》について言ってきたりと、リディアより厄介だ。

一応幼い子供だと思い、優しく諭そうと思った時期もあったのだが、「F級の祝福《ギフト》持ちが、僕に逆らうな！」って言われたことで諦めた。

幼い子供相手にイライラするなんて大人げないだろうが……まぁ、仕方ないね。

レントのおかげで家でのストレスは更に増した。

そんなことを思い返していたら、レントの体がうっすらと光に包まれた。

「お、授かったか」

祝福《ギフト》を授かった時に生じる光を確認した俺は、そう呟いた。

レントにガリアとミリアが歩み寄る。

「レントよ。どのような祝福《ギフト》を授かったのだ？」

俺の時とは違い、祈るような口調でガリアはレントにそう問いかける。

レントが俺の二の舞になろうものなら、彼への扱いも酷いものに変わり、更に下にいる三歳の弟へと関心が移ることだろう。

甘い考えを捨てなければ、貴族社会は生き残れないっていう点には同意するけどさ……

能力がなければ実の子供を簡単に切り捨てるっていう考えは、俺には理解できない。

手を下ろし、立ち上がったレントが口を開いた。

「はい、父上。僕は《剣士《けんし》》の祝福《ギフト》を授かりました」

ハキハキとしたレントの言葉に、俺はなるほどと頷いた。ガリアとミリアも、同じような反応だ。

《剣士》の祝福《ギフト》を持つ人は、結構多い。

《テイム》の祝福《ギフト》を持つ人の約十倍と言えば、その多さが分かるだろう。

それ以外には、空間把握能力や、戦闘の勘、見切りなども《剣士》の能力として有名なところだ。

《剣士》の祝福《ギフト》の主な効果は身体能力上昇だ。これに関しては、F級であろうが持っている。

まぁ、大まかに言ってしまえば、剣術に関することが軒並み上昇する。

「さて、レントの階級はどのくらいなのだろうか……？」

もっとも多く出るのは、真ん中のC級。次点でB級とD級だ。

俺はこの三つの内のどれかであると予想している。

これでE級とか微妙なやつが来たら、彼らはどんな反応をするんだろうか……

そんなことを考えていたら、レントが大理石の台の上に手を置いた。

すると、その上に階級が映し出される。

「どれどれ……？」

俺は目を凝らして、そこに映し出された階級を見る。

そして、思わず「マジか……！」と声を上げた。

「……へぇ。まさかA級とはな」

俺はぼそりと呟いた。

そこには、確かにA級の文字が映し出されていた。

こりゃ、当たりだな。

千人に一人と言われるA級を引き当てるとは、随分と運のいい奴だ。

それを言ったら、俺も千人に一人と言われるF級を引き当てたんだけどね。

レントの祝福《ギフト》がA級だったことに、俺が乾いた笑いを浮かべていると、ガリアが声を上げた。

「素晴らしい！　よくぞA級の祝福《ギフト》を授かってくれた。次期フィーレル家当主は、レントで決まりだな」

ガリアは今までに見たことがないぐらい上機嫌に笑いながら、レントの頭をわしゃわしゃと撫でる。

「流石、私の息子ね。誇りに思うわ」

ミリアも笑みを浮かべながら、レントの頭を優しく撫でる。

そして、その様子を俺は複雑な気持ちで見ていた。

「祝福《ギフト》一つでここまで扱いに差が出る……か。知ってはいたものの、いざこうやって比較してみると、本当に酷いものだな」

フィーレル家の長男がF級の祝福《ギフト》を持っていることが、貴族社会において非常にマズいということは、俺もよく理解している。だが、納得はできない。

この四年間は、本当にストレスの溜まる生活だった。ネムという癒しがなければ、結構危うかったかもしれない。

俺は精神的にはもう大人。そんな俺でさえ、ここまでストレスを感じたのだ。もし俺が精神まで子供だったら、ネムがいなかったとしたら……

うん。考えるだけでも恐ろしいね。

「ま、あの様子だと、屋敷に帰ったら俺抜きでパーティーでもやるんだろうな。で、これを機に俺は追放されるのかな……？」

この世界では九歳で働いている人も珍しくない。

こんな屋敷は一刻も早く出たいと思っているから、俺としてはありがたい。

貴族家にしかないような貴重な書物があるので、それだけが惜しいと思っていたのだが……

ここ最近、読みたいと思っていた本をようやく全て読みつくしてしまったものだから、もう未練はないんだ。

「さてと。そろそろやるか。《テイム》」

俺は視覚を自身の体に戻すと、テイムをする用に森や街に配置したスライム全てと、視覚を共有する。

視界がゴッチャゴチャだが、気にすることなく俺は即座に《テイム》を使う。

すると、一気に数百も繋がりが増えた。

無事に、従魔を通して新たなスライムをテイムすることに成功した。

その後、俺は視覚を自身に戻す。

「ふぅ。流石に頭が痛いな」

一度に様々な視覚を共有したため膨大な情報量で頭が痛み、俺はベッドに仰向けになり、頭に手を当てる。

そこにネムがやってきて、ペトッと俺の額に覆い被さった。

ああ、気持ちいい……

「あー、ありがとな。やはりこの方法は疲れる。だが、《テイム》を使う頻度はだいぶ減らせるし、効率がいいからな」

「きゅきゅきゅ〜！」

俺の能力は更に成長し、大量のスライムと視覚を同時に共有しながら、《テイム》を使うことが可能になった。

こうすることで、たった一回《テイム》を使うだけで、数百のスライムを同時にテイムできるのだ。

ただ問題もあり、情報過多で頭が痛くなる。同時に視覚共有するスライムが多すぎると、最悪死ぬかもしれない。

まあ、そこはしっかりと検証を重ね、耐えられるラインをきちんと理解しているから問題はない。

「さてと。暇になったし、魔法の鍛錬でもするか」

魔法の中でも空間属性は慣れが必要だ。

四年間欠かさず鍛錬してきたおかげでだいぶ使いこなせるようになってきたが、それでもまだ足りない。

何せ、俺の魔力容量と魔力回路強度は平均より少し上程度なのだ。これまで魔力容量と魔力回路強度を増やす特訓をこれでもかというほどしたにもかかわらずだ。

そんな俺が強者と渡り合うには、沢山鍛えて、少ない魔力でもできる戦い方を身につけるしかない。少しでも無駄をなくして魔力の消費を抑えないと、その二つが自分よりも上の相手には、負けてしまうのだ。

おかげで、俺はこの四年間で色んなことができるようになった。相当魔力に差がない限りは、そうそう負けることはないいんじゃないかなと思う。

まぁ、井の中の蛙《かわず》大海を知らず……って状態になっている可能性もあるけどね。

更に、魔力の消費を抑えるだけでなく、無詠唱《むえいしょう》——呪文を唱えることなく、魔法を発動することもできるようになった。

「これからも、頑張らないとな」

「きゅきゅきゅ！」

俺は気合を入れると、魔法の鍛錬を始めるのであった。

◇　◇　◇

そして、それから数日後の早朝。

俺は超久々にガリアから呼び出しをくらった。

用件は聞かされていないが……まあ、予想はできている。

ガリアがこのタイミングで俺を呼び出すなんて、あの件を伝えようとしているとしか考えられない。

メイドに連れられ、執務室の前に来た俺は扉をノックする。

すると、中から低い声で「入れ」と言われた。

「失礼します」

扉を開け、中に入った俺は平然とした態度で頭を下げる。

そして顔を上げて数歩進み、部屋の中央付近で立ち止まった。

前方には執務机に肘《ひじ》をつき、手を組むガリア。その横でギュンターが控えている。

「お前は知らないだろうが、先日私の長男であるレントが祝福《ギフト》を授かった」

ガリアが口を開いた。

「それはおめでたいことですね」

ガリアがレントを長男と言ったことにピクリと頬を動かしつつも、俺は形式的な態度で祝福の言葉を送る。

そんな余裕のある俺の態度が気に入らないのか、ガリアはちっと舌打ちをした。

「レントの祝福《ギフト》はA級の《剣士》だ。お前とは大違いだな」

そして、侮蔑するような口調でそう言う。

……相変わらず、ムカつくな。

「それは本当にそうですね。敵いませんよ」

誰が誰に敵わないとは言わずに、俺は言葉を紡ぐ。

A級だろうが、所詮剣士は個としての力。

剣一本で六十万を超える俺のスライムに勝てるとは到底思えない。

敵わないのは、俺ではなくレントの方だ。

集団戦に強い魔法師ならまだ可能性はあるかもしれないけどね。あとはS級の戦闘系祝福《ギフト》を持ってる奴くらいか。

……S級はともかく、魔法師はそこそこいるな。

それでも数が数だから、俺を相手にしたら厳しいことには変わりないと思う。

ガリアはまだ俺の態度が気に入らないのか、今度は鼻を鳴らす。

「ふん。随分と余裕そうな態度だな。お前が今、どんな立場なのか教えてやろうか？」

「いえ、結構です。僕がどのような立場にいるのかはよく分かっていますので。どれだけ努力しようが、もう当主にはなれないということは――」

子供相手に随分と大人げないことをする奴だなぁと思いつつ、俺はガリアにそう言う。

すると、ガリアは「なんだ。分かっているではないか」と驚いたような口調で言った。

「ならば話は早い。この私、ガリア・フォン・フィーレルが命じる。本日をもって、お前をフィーレル侯爵家から勘当する。今後一切フィーレルの名を名乗ることは許さん。荷物をまとめ、即刻出て行くがいい」

愉悦《ゆえつ》に満ちた声で、ガリアはとうとう俺にそう告げる。

勘当と言われた瞬間、俺はちょっとした喪失感と、ここから出られる喜びを感じた。

「分かりました。これまでお世話になりました」

そんなガリアに対し、俺は平然とそう言って、くるりと背を向ける。

こうして、俺は最後の最後まで、表情も口調も変えることなくガリアと対話を済ませ、執務室をあとにした。

背後から「最後まで忌々しい奴だ」と聞こえてきたが、当然無視してやったよ。

「……さて、最後に嫌がらせでもしとくか」

「きゅきゅきゅ？」

部屋に戻った俺は、ニヤリと笑みを浮かべる。

あいつは荷物をまとめてここを出て行けと言った。

持っていっちゃいけないものは特に言われてないし、その荷物の中に……フィーレル家の宝物庫にあるものも入れちゃっていいよね？

「ああ、ネム。少しやり返してやろうと思っているだけだ。そのあとは、もう自由だ。それじゃ、【魔力よ。空間へ干渉せよ。空間と空間を繋げ。我が身をかの空間へ送れ】」

直後、俺の姿は部屋から消えて――

「よっと」

次の瞬間には宝物庫の中にいた。

様々な貴重品が置かれており、これぞ宝物庫って感じがする。

「まさか宝物庫に転移されるとは、思っていないだろうな」

ククと笑いながら、俺は愉快な気分でそう言う。

この宝物庫には、当然魔道具《まどうぐ》——魔力を動力源として様々な魔法を発動することができる道具で結界が張られており、ここに侵入するには警報が鳴る覚悟でそれを壊すしかない。

だが、俺の場合は違う。

一年ほど前、祝福《ギフト》の能力だけでなく、魔法も従魔を通して使うことができると判明し、宝物庫へ向かうガリアの服の裏にこっそりとスライムをつけておいた。

そのスライムは体長わずか二センチほどしかない変異種であったため、バレることはなかった。

あとはそのスライム越しに【転移座標記録《ワープ・レコード》】を使って座標を記録して、転移できるようにしたってわけだ。

そのあとスライムは普通に召喚で回収すれば問題なし……うん。我ながらいい作戦だったな。

「さてと。どれにしようかな……？」

持って行くと決めたものの、あからさまにレアなやつを盗ったら、捜索が行われて俺が疑われるかもしれない。それは非常に面倒だ。

だから、ここは盗ってもしばらくは発覚しなそうな、埋もれているものをもらうとしよう。

「なーにかいいのは……お、これいいじゃん！」

そう言って、俺が引っ張り出したのは、宝物庫の奥に埃《ほこり》をかぶって放置されていた剣だ。

すっと鞘《さや》から抜いてみると、見事な刀身が露わとなる。

「おお。これはミスリルだな」

ミスリル製の刀身を見て、俺は感嘆の息を漏らす。

ミスリルとは白銀色の金属で、硬くて魔力をよく通すのが特徴だ。故に、ミスリル製の刀身に魔力を流して斬れば、結構な斬れ味となる。

筋力では強い魔物を斬れない俺にはうってつけだ。

「うん。これをもらっていこう。ミスリルの剣は結構レアだから、目立つ可能性もあるが……まぁ、人前で使わなきゃ問題ないだろ。ネム、埃を食べてくれ」

「きゅきゅきゅ！」

ネムは「任せて！」とでも言うように元気よく鳴き声を上げると、刀身に纏《まと》わりつく。

そして、そのままズリズリと持ち手まで移動しながら、刀身に付いた埃を食べた。

その後、鞘の埃も同様に食べると、俺の胸にぴょんと飛びつく。

「ありがとう」

「きゅきゅきゅ～」

そう言って、俺はネムを撫でる。すると、ネムは嬉しそうに、とろけるような鳴き声を上げた。

スライムは基本なんでも食べる。このように埃も食べてくれる。

いやー、これはありがたいね！

一家に一匹スライムがいるだけで、埃は格段に減る！

しかし、そう都合よくもいかず、実際にスライムを飼ったら埃以外も色々と食べるから、結構大変だって聞いた。

ネムは俺が食べるものを指示しているから問題ないのだけど。

「さて、魔法発動体……はできれば指輪型がいいけど……ここにはちょっとしかないな。これはやめとくか。使う頻度も高いだろうし」

魔法発動体とは、魔力を通して魔法を発動させると、威力が少し上がったり、消費魔力が抑えられたりする。

魔法師がよく持っている杖も魔法発動体だ。

しかし、俺は恐らく【空間転移《ワープ》】で背後を取ってから剣で斬る戦い方が基本となるため、どうしても杖だと邪魔になる。

そこで目をつけたのが指輪型の魔法発動体なのだが、これは結構貴重なんだよね。見た感じ、この宝物庫には二個しかない。ガリアとミリアが常に所持しているのを含めても四個。

これを盗ったらすぐにバレて、面倒なことになりそうだな。

「はぁ……じゃあ、もう行くか。これ以上ここにいるのはマズそうだし」

自室にいないことがバレる前に戻ろうと思った俺は、剣を手にしたまま、【空間転移《ワープ》】で転移した。

そうして、自室に戻ってきた俺はすぐに身支度を始める。

「えっと……靴と服はこれにするか。ああ、替えも持っていこう。あとは革袋をいくつかと、金は……ここにあるの全部持っていこ」

鍛錬用の服に着替え、靴を履き替えると、持っていくものを見繕《みつくろ》っていく。

そして、準備が終わった俺は呪文を紡いだ。

「【魔力よ。空間へ干渉せよ。我が亜空間《あくうかん》を開け】」

すると、俺の目の前にぽっかりと空間を切り抜いたかのような穴が現れた。

「ほいっと」

その中に、俺は宝物庫からもらってきた剣を放り込む。

これは【空間収納《スペーシャル・ボックス》】という魔法で、亜空間を作り出し、その中に様々なものを収納することができる。

容量は使用者の魔力容量、魔力回路強度によって様々で、俺の場合はクローゼット一つ分といった感じだ。まあ、凄いというほどではないが、全体平均よりは上だな。

普通、俺の魔力容量と魔力回路強度だともっと容量は少なくなるが、少ない魔力で魔法の効果を最大限発揮する方法を身につけているからね。

「さてと……準備も終わったことだし、行くか」

そう言って、俺は荷物を入れたリュックサックを背負う。

「きゅきゅ！」

俺に続くようにしてネムは鳴き声を上げると、リュックサックの中にスポッと入った。ほどよい大きさだし、ここがネムの定位置になりそうだ。

「……うん。行こう」

そして俺は、長いこと過ごしたこの部屋に別れを告げた。

廊下を歩いていると、使用人たちがひそひそと何か言っている。耳をすませば、「フィーレル家から勘当されたんだってー？」と聞こえてきた。

だが、それは無視して俺は歩き続ける。

すると、目の前に誰かが立った。

「ここから追い出されたのね。そして、平民になったと。まぁ、自業自得よね」

そう。リディアだ。

俺が勘当されたからか、何も取り繕うことなく嘲笑《あざわら》う。

最後ぐらい、仕返ししてもいいかな？

「ほら。平民。頭《こうべ》を垂れて私を敬いなさい」

「口を閉じてくれないか」

今までの鬱憤《うっぷん》が爆発し、俺は殺気を露わにしながら、ドスのきいた声でそう言った。

「ひ、ひぃ……」

強くなろうと鍛錬を続けてきた俺の、数年分の鬱憤が爆発した殺気に、お嬢様であるリディアが耐えられるはずもない。

リディアは萎縮《いしゅく》し、怯えて後ずさる。

俺は一歩近づくと、無詠唱で【空間転移《ワープ》】を発動して、リディアの背後に回った。

「俺が本気を出せばこの屋敷程度、簡単に落とせるぞ」

そして、リディアの肩にぽんと手を置くと、耳元でそう囁《ささや》いた。

「ひあっ……う……」

いきなり背後に回られたことで、恐怖が限界を超えたのか、リディアはフラフラと床に座り込む。

「じゃあな」

最後にそう吐き捨てると、俺はその場をあとにした。

そして、エントランスから外に出る。

「……ふぅ」

外に出た俺は手で影を作り、目元を隠しながら太陽を眺める。

そして、再び歩き出すと、門を抜けた。

こうして俺はフィーレル家から勘当され、シン・フォン・フィーレルではなく、シンとして、自由に生きていくのであった。

第三章　憧れの冒険者に

フィーレル家から勘当され、屋敷を追い出された俺は、シュレインの街並みを眺めながら、のんびりと歩いていた。

行き交う人々で賑わい、活気がある。

「なんだか解放感があるな」

俺は清々しい思いでそう言う。

今の俺は、まるで籠《かご》から解き放たれた鳥のようだ。

ただ、籠から出たら出たで、新たな問題も発生する。

それは……金だ。

今までは、一応フィーレル侯爵家の人間であったが故に、生活には困らなかった。

だが、これからは違う。

自分で稼ぎ、その金で生活しなければならないのだ。

既に稼ぐ方法は考えてある。というか、これで稼ぎたいがために、今まで鍛錬を積んできたのだ。

それは……冒険者だ。

冒険者は人々の生活を脅かす魔物を倒し、他にも薬草採取や護衛、ちょっとした手伝いなど、やることは多岐《たき》にわたる。

そんな冒険者に必要なのは強さだ。強くなければ、すぐに死ぬ。

何せ、冒険者という職業は、殉職率《じゅんしょくりつ》が万年トップなのだ。

だがそれでも、一攫千金《いっかくせんきん》を狙うこともできる職業として、そこそこ人気になっている。あと、冒険者になるだけなら簡単なのもポイントだ。

「んじゃ、冒険者ギルドに行くか」

ひとまず冒険者ギルドに行って、冒険者登録をする。その後、すぐに終わりそうな依頼をやってみて一連の流れを確認しつつ、宿を取る。

これからやることを、しっかりと確認した俺は、冒険者ギルドに向かうのであった。

そうして歩くこと十分。

冒険者ギルドに辿り着いた俺は、両開きの扉を開け、中に入る。

「ほー……」

冒険者ギルドは、スライムを通して何度も見てはいるのだが、いざこうやって来てみると、なんだか感慨深いな。

ギルド内の酒場には、朝から酒を飲んでるおっさん冒険者。いい依頼はあらかた取られ、不人気な依頼しか残っていない掲示板。そして正面の奥にはかなり空《す》いている受付。

「うん。やっぱりこの時間は人が少ないな」

俺は辺りを見回しながら、てくてくと奥に向かって歩く。

受付に着いた俺は、冒険者登録をするべく、受付の女性に声をかけた。

「冒険者登録をしに来ました」

俺はハッキリとした口調でそう言った。

すると、こちらを見た女性が口を開く。

「かしこまりました。では、こちらの紙に記入をお願いします。書けるところのみお書きください。あ、代筆は必要ですか？」

女性は丁寧な口調でそう言いながら、一枚の紙とペンを俺の前に出す。

ああ、そういやこの国……というよりこの世界は教育があまり行き届いていないんだったな。

文字を読めはするけど書けない人は少なくないのだとか。

俺は転生者特典なのか、何故か生まれた瞬間から言葉が理解できたし、フィーレル家長男として、五歳まではちゃんとした教育を受けていたから、問題ないんだけどね。

「いや、代筆は必要ないです」

そう言って断ると、ペンを手に取り、用紙を見る。

そこには名前、祝福名《ギフトめい》、祝福《ギフト》の階級、魔法適性、主な戦い方の五つを書く欄があった。

「名前はシン……っと。魔法適性は……空間属性、光属性、闇属性……」

ここまでは正直に書いてもいい。ただ、ここからは少々問題だ。

まずは主な戦い方。

俺にはスライムの数を利用した強力な戦法があるのだが……あまり手の内は晒《さら》したくないし、普通に剣でいいか。

ここで求められていることって、登録者の情報ってよりかは、戦えるかどうかだからね。いくら登録しやすいといえども、戦闘が主な仕事となる冒険者で、まともに戦えない人はアウトなのだ。

だからこそ大切になってくるのは祝福《ギフト》だ。

ここで馬鹿正直に《テイム》、F級と書こうものなら、不利になる可能性がある。

それぐらい、祝福《ギフト》というのはこの世界で重要視されているのだ。

というわけで、俺はF級とは書かずに、《テイム》と記入した。

そして、ペンと用紙を受付の女性に返す。

「えっと……祝福《ギフト》の級位については、書かなくてよろしいのですか？」

女性が問いかけてくる。

「はい。手の内はなるべく隠したいから。すぐにバレるかもしれないけど、その時はその時です」

俺は肩をすくめると、おどけたような口調でそう言う。

貴族の時は、こんな風に感情を露わにするなんてことはあまりできなかったからな～。

なんだか前世の俺に戻ったような気分だ。

「分かりました。見たところ、問題もなさそうですし、冒険者カードを発行しましょう」

女性はそう言うと、受付の下から名刺サイズのカードを取り出した。

照明に照らされ、銅色《あかがねいろ》に光るカード――そこに、女性はペンで俺の名前を書いた。そして、その下にFランクと書くと、俺の前にすっと差し出す。

「ありがとうございます」

俺はそれを受け取ると、ポケットの中にしっかりと入れた。

すると、女性が説明を始める。

「今お渡ししたものが冒険者カードになります。冒険者ランクはSと、AからFの七段階に分けられており、シンさんは現在一番下のFランクです。ランクが上がる基準は冒険者ギルドが独自に定めており、詳細は言えませんが、幅広く依頼をこなすことが重要とだけお伝えします」

なるほどなるほど。

ランクについては知っていたけど、上げるには色んな種類の依頼をこなすことが重要なのか……意外とこういうのは地道にやっていくのが近道だったりするので、とりあえずはその通りにやってみるとしよう。

「あちらにある掲示板から依頼書を剥がし、受付へ持って来ることで依頼を受注できます。ただし、達成できないと違約金が発生する依頼もございますので、ご注意ください。あと、依頼にはゴブリン討伐など常設の依頼もあります。こちらは違約金も発生しませんし、依頼書をこちらへ持ってこなくても結構です。というか、持ってこないでください」

……最後の言葉だけ、力が入っていたな。前例が大量にあるのだろうか？

まあ、言われたからには、そりゃ持ってこないよ。

受付の人たちに白い目で見られたくないし。

「そして、ここシュレインにはダンジョンがございますが、あそこに入れるのは安全上Dランクからとなっておりますので、ご注意ください」

あー、そうそう。

ダンジョンって、Dランクにならないと入れないんだよね。さっさとランクを上げないと。

俺は【空間転移《ワープ》】が使えるから、いざとなったら簡単に階層間の安全地帯に逃げられるんだよね。

ただし、魔力が残っている時に限る。

「それでは、説明は以上となります。分からないことがございましたら、お気軽にお声がけください。それでは、頑張ってください」

「分かりました」

俺はニコリと笑って頷くと、踵《きびす》を返して歩き出した。

「よし……無事冒険者になれたな！」

「きゅきゅ！」

歩きながら声を弾ませる俺に、ネムも自分事のように体を弾ませて喜ぶのであった。

俺は早速依頼を受けるべく、掲示板へと向かう。

掲示板は二つあり、それぞれ常設と常設でないものに分かれていた。

まずは常設の方を見ておくとしよう。

「ん……多いのはやっぱり周辺の森に生息する魔物の討伐だな。次点で、冒険者ギルドの雑用……か。まぁ、予想通りだな」

常設に書かれていたのは、当たり前だがいつでも必要とされていることだった。そして、適性ランクは全体的に低めだ。

「さて、この中で受けるとしたら……ゴブリン討伐とかだよな」

俺が目をつけたのは、ランクフリーで誰でも受けられるゴブリン討伐の依頼。

一般人でも一応倒せるということで、報酬は一匹あたり百プルト。一プルト＝一円くらいの感じだ。

日本円で換算すると大体百円くらいと、命を懸《か》ける割には結構しょぼい。

ゴブリンってアホみたいにいるから、あんまり報酬を高くしすぎると、冒険者ギルドがカツカツになっちゃうからね。

ああ、そういやこの世界のお金は紙幣《しへい》じゃなくて、全て硬貨《こうか》なんだよね。

そして、小銅貨一枚が一プルト。それ以降は、銅貨一枚が百プルト、小銀貨一枚が千プルト、銀貨一枚が一万プルト、小金貨一枚が十万プルト、金貨一枚が百万プルト、白金貨一枚が一千万プルト……といった具合。

それじゃ、次はこっちの掲示板を見てみるとしよう。

「ん……といってもあまりないな」

既にいい依頼は取られてしまっており、微妙なものしかない。

そんな微妙な依頼の中で、俺にぴったりなのは……

「薬草採取系の依頼だな」

薬草採取系の依頼はいくつか残されており、報酬はどれも小銀貨三枚程度だ。

さっき受付の女性に幅広く依頼をこなせっていう助言をもらったし、侯爵家にいる時に散々本を呼んだおかげで薬草の知識なら割としっかり持っているからな。

「じゃ、これにするか」

俺はその中から、フィルの花を採取する依頼書を手に取った。これもランクフリーだから、受けることはできる。

「これを受付に持っていくんだったな」

受付の女性に言われたことを、今一度確認するように言葉にすると、再び受付に向かった。

そして、さっきと同じ女性のもとへ行く。

こういうのって、どうしても話したことがある人のところへ行っちゃうんだよね。

ほら、俺って結構人見知りだからさ。前世でも友達少なかったし……いや、ネットには沢山いたか。

……なんか涙が。

そんな悲しい過去を思い出しながらも、俺は女性に声をかける。

「依頼を受けに来ました」

そう言って、俺は先ほど剥がした依頼書を手渡す。

「確認させていただきます」

女性は受け取った依頼書をまじまじと見る。そして、眉をひそめた。

「シンさん。一人で森に行くつもりですか？　子供が一人で行くのは流石に危ないから止めたいんですが……」

「そうですね。一人で行きます」

ああ……そういや俺って子供だったな。

前世の記憶があるから、よく自分が子供であることを忘れちゃうんだよね。

そのせいで子供らしくないことを言って、慌てて訂正したこともあったなぁ……

こういうのって、仲間がいるって嘘ついたとしても、多分すぐにバレてしまう。

「確かにあの森の浅いところにいる魔物であれば、シンさんでも勝てるかもしれません。でも、魔物は数匹の群れで行動していることが多いんです。そうなると、どうしても子供一人では危ないです。挟み撃ちなんてされたら大変だし、森という視界が悪い場所だと不意を打たれることもあります。だから、まずはパーティーを組んだ方がいいです。もしくは、それ以外の……例えば、シュレインの中でできる依頼をやるとか……」

女性は優しく諭すように子供一人で森へ入ることの恐ろしさと、どうすればいいのかを説明する。

まあ、確かに正論だよ。正論なんだけど……

パーティー組もうぜって誘えるような陽キャじゃねーんだよ、俺は。

それに、あの森ぐらいだったら大丈夫だと思うんだよな。

何せ、スライム越しに何年も観察してきた森だぞ？

もう完璧《かんぺき》と言ってもいいほど熟知している。

まぁ、実際に行ったことはないんだけどね。

とまぁ、そんな感じで心配いらないのだが、祝福《ギフト》についてはさっき紙に書かなかったし……ここは腹をくくって、入れてくれるパーティーを探そうかな？

そう思った時、受付の奥の扉から一人のおじさんが現れた。見るからに、昔、やんちゃしてましたって感じの体格と顔つきだ。

てか、この顔スライム越しに見たことあるぞ。

確かこの人は――

「おう。サリナ。こいつは大丈夫だと思うぜ」

「お疲れ様です。ギルドマスター」

そう。ここ、シュレインの冒険者ギルドで一番偉いギルドマスターだ。

元Sランク冒険者という経歴を持っており、名前はジニアスという。

「ギルドマスター。大丈夫とは一体？　この子はまだ子供ですよ！　流石に一人では危ないです」

そんなギルドマスター――ジニアスさんを見て、女性は問いかける。

すると、ジニアスさんは女性の言葉に肩をすくめて言う。

「サリナじゃ分からんだろうが、こいつ結構強いぞ。そこいらのCランク冒険者よりも、よっぽどこいつの方が強い。こりゃ相当鍛錬を積んできた奴だ」

ジニアスさんの言葉に、話を聞いていた女性及び周りのギルド職員が息を呑む。

いやー、なかなかに俺のこと持ち上げるね。

でも実際、俺って前世と今世を合わせれば、十年ぐらい竹刀やら剣やらを振ってたからな。今の歳に不相応の実力は持っている。

魔法も空間属性に限定すれば、結構やれると思う。

闇属性と光属性は、お察しの通り……かな。

まぁ、俺の一番の強みは六十万を超えるスライム。剣術や魔法じゃないけど。

「それに、冒険者は全て自己責任だ。あんまり過保護になりすぎるなよ」

「わ、分かりました。では、受理するので冒険者カードの提示をお願いします」

女性は何か言いたげな表情をしつつも、結局折れてそう言った。

そして、俺は女性の言葉に従って冒険者カードを提示する。

「……はい。問題ないですね。では……本当にお気をつけて。少しでも無理だと思ったら、すぐに逃げてください。命が一番大事ですからね」

女性は心配からかそう助言すると、依頼書にハンコを押し、依頼書と冒険者カードを俺に返す。

なんとか受理されたことに安堵しつつ、俺は「分かりました」と言ってその二つを受け取ると、リュックサックの中に突っ込んだ。

そして、そのまま踵を返し、受付をあとにした。

「……あー、よかった。ジニアスさん、ナイスだ」

「きゅっきゅきゅ！」

俺が普通の九歳児だったならあの女性の判断は正しいのだろうけど、スライムたちと一緒なら、ここシュレインを崩壊させられるだけの強さは持っているんだ。

確かに俺単体なら、そこそこ……といった具合だろうけどね。

「それじゃ、早速行くか」

「きゅきゅきゅ！」

これからやるのは、初依頼である薬草採取。

俺は冒険者ギルドの外に出ると、歩いてシュレインの外へ出る門へと向かう。

「きゅきゅ！」

すると、リュックサックの中にいたネムが勢いよく飛び出てきて、俺の胸元にすり寄ってきた。

ずっとリュックサックの中は、窮屈《きゅうくつ》だったのだろうか？

そう思いながら、俺はネムを抱きかかえると、優しく撫でる。

「ははは、可愛いな……あ、そういやネムには従魔の証となるものをつけないと」

《テイム》で従魔にしている魔物には、他の野生の魔物と区別するために、目印をつけなくてはならないという決まりがある。

証にするものはなんでもいいらしい。

「まいったな。今はそれっぽいもの持ってないし……ネム。悪いけどリュックサックに入っててくれ。この依頼が終わったら、買ってあげるから」

「きゅ～……」

ネムは残念そうに項垂《うなだ》れるが、しぶしぶといった感じで頷くと、再びリュックサックの中に入る。

そんなネムに、俺は心の中で謝罪しながら歩いていると、とうとうシュレインから出る門の前に着いた。

入る時は簡単な検問があるが、出る時は特に必要ない。

大した荷物を持っていなければなおさらだ。

俺はそのまま普通に門をくぐり、シュレインの外に出るのであった。

◇　◇　◇

「ギルドマスター。本当にあの子、Cランク相当の実力があるんですか？　どうしてもそうは見えなかったんですけど……」

シンが去っていく様子を眺めながら、サリナは横に立つジニアスに疑いの目を向ける。

ジニアスは元Sランク冒険者であるため、本当なのだろうが、それでも疑わずにはいられないのだ。

周りのギルド職員も、うんうんと頷いてサリナの言葉に同調する。

そんな彼らを前に、ジニアスはやれやれと肩をすくめると、口を開いた。

「ま、分からないのも無理はない……か。でもあいつ、オーラからして、多分相当な実力者だぞ。もしかしたらかなり階級の高い祝福《ギフト》を持ってるかもしれん。A級とかかもな……」

ジニアスの言葉に、サリナたちはざわつく。

当然だ。Ａ級の祝福《ギフト》を持つ者は千人に一人の貴重な存在だからだ。

サリナが口を開こうとして、それをジニアスが手で制す。

「身のこなしが結構鍛錬を積んできた感じだった。大人との体格の差を考慮しても、Ｃランク冒険者相当の実力があることに間違いねぇ。だから大丈夫だ。それに、どのみち一人で行ってたと思うぜ」

ジニアスの言葉に、サリナたちはしぶしぶといった様子になりつつも、頷いた。

確かにあそこでダメだと言っても、好奇心旺盛な子供なら、無視して行ってしまうのはよくあることだからだ。

だが、ジニアスの内心はそれとは少し違った。

（あの子供。実際はその程度じゃなさそうだな。なんか違和感があるというか、得体が知れないというか……強い手札を上手く隠しているな）

元Ｓランク冒険者としての経験から、ジニアスはそう判断する。

（その鍵となるのは、リュックサックからチラリと見えたスライムだと思うのだが……詳しいことまでは、よく分からない。しかし、長い冒険を経て培ってきた勘のおかげで、一つ分かることがある。それは――）

ジニアスは少年が出て行った扉を見つめた。

「俺でも、手加減はできないぐらいの――強者だな」

誰にも聞こえない声で、ジニアスはポツリとそう言った。

◇　◇　◇

シュレインの外に出た俺はすぐに街道から逸《そ》れると、森へと向かって歩き出す。

そして、数十分ほどで森に着いた俺は、右目の視覚をこの森にいるスライムに移す。

こうすることで、左目で自分の周囲を警戒しつつ、右目で他の場所も警戒することができるのだ。

この方法自体は五歳の時に既に思いついていたのだが、如何《いかん》せん難易度が高すぎた。

何度も挑戦したのだが、その度に頭がこんがらがってしまった。

しかし、何度も何度もこのロマン溢れる技を使えるようにするために練習を続け、つい最近になってようやくまともに使えるようになったのだ。

俺は左目で周囲を警戒しつつ前へと進みながら、右目の視覚を、この森にいる様々なスライムに移して、魔物がどこにいるのかを探る。

「ん～……俺の周囲二百メートルにはどうやらいないようだな。フィルの花はそこそこあるな」

魔物の姿はなく、逆にフィルの花は必要数あるという、理想的な状況だった。

だったら、魔物がいない内にさっさとやるべきことを片付けないと。

そして、終わったら魔物を探して戦う。うん。完璧な計画だ。

「じゃ、行くか」

俺はそう呟くと、右目が見ている場所へ向かって走り出した。

転移で行くことも可能だが、魔力は節約しないといけないんだよ。

あー、もう。魔力がもっとあったら、こんな細かいこと気にしないでいいのに。

魔力容量が平凡なことを不満に思いつつも走り続け、やがて一つ目のフィルの花がある場所へと辿り着く。

「ん……お、あったあった」

木の根元に四つ、黄色い花が見える。

これがフィルの花だ。

俺は念のため革袋から依頼書を取り出すと、そこに描かれているフィルの花と見比べる。

「……よし。同じだな」

まあ、この森に似ている花は生えていないので、間違えようがなかったのだが、これで確実だ。

俺は依頼書をしまうと、フィルの花を根元ギリギリで摘《つ》む。この時、根っこまで抜かないのがポイントだ。

依頼書にも書かれているが、根っこさえ残っていればまた生えてくる。だから、残しておいた方がいいのだ。

こうすれば、また採取できるからね。

「これで四つか。あと十六で終わりだな」

依頼には、この花を二十本見つけてこいと書かれている。

あと十六本。この周辺に必要数生えていることは既に分かっているので、さっさと採取するとしよう。

俺は採取した四本のフィルの花を、リュックサックから取り出した革袋に入れると、右目の視覚を次の場所へと変え、歩き始めた。

「きゅきゅきゅ？」

すると、ネムが遠慮するような感じで、リュックサックから顔を出した。

そして、俺の肩に飛び乗る。

ああ、そういやここは人目があまりない森の中だから、出てきても問題ないな。

ネムも、そう思って出てきたのだろう。だが、少し自信がなく、遠慮がちになったのかな？

可愛い奴だ。

「うん。人前でなければ出てもいいからね。今なら問題ないよ」

「きゅきゅ！」

俺の言葉に、ネムは体を上下に動かして、嬉しそうに鳴き声を上げる。

そんなネムを微笑ましく思いながら次の場所へと到着すると、そこに生えているフィルの花を採取し、革袋に入れる。

それを何度か繰り返していたら、ものの三十分ほどで必要数集まった。

「よし。これで完璧」

俺は革袋の口を広げると、中に入っているフィルの花を見て満足する。

「きゅ？」

ネムも、俺の動きを真似するように革袋の中を覗き込んだ。

「うん。次は予定通り魔物を倒そう。これは念のためしまっておくか」

革袋に入れて持ち歩いていたら、何かの拍子で中のフィルの花が潰れてダメになってしまうかもしれない。

これで万が一もない。

そう思った俺は【空間収納《スペーシャル・ボックス》】を行使すると、その中にフィルの花が入った革袋を放り込んだ。

そして、宝物庫から盗……もらってきたミスリルの剣を取り出すと、それを腰に携える。

「これでよし。それじゃ、魔物を倒すか」

俺はそう呟くと、周囲五百メートル以内にいるスライムたちに、魔物が近くにいる場合は鳴き声で教えるよう頼む。

すると、次々と『きゅきゅ！』と報告が来る。どうやらさっきと違って、結構いるみたいだ。

「ん～……この中で一番近いのは……そこか」

俺はここから一番近い場所にいる魔物の場所を特定すると、右目をそのスライムの視覚に移す。

「やあっ！」

「おら！」

「はあっ！」

だがそこでは、既に冒険者たちとゴブリンの群れが戦っていた。

見た感じ、その冒険者たちはそこまで強くはなさそうだが、ゴブリンを倒す分には問題ないと思われる。

「残念。先客がいたか」

冒険者が近くにいる場合は魔物がいると報告しなくていい……と命令しておけばよかったなと思いつつも、俺は次に近い場所のスライムに視覚を移す。

そこにはゆっくりと徘徊するゴブリンの群れがいた。

数は……六匹か。

そして、近くに冒険者がいる気配もなし。

「よし。初めての討伐相手はお前らだな」

そう言ってニヤリと笑うと、俺はそこへ向かって走り出した。

距離としては大体二百メートルほどだったことで、ものの一分弱でそこに辿り着いた俺は、茂みに身を潜めながら、ゴブリンの動きをじっと見つめる。

「ゲゲッ」

「ギャギャ！」

棍棒《こんぼう》を片手に持つ、人型で暗緑色《あんりょくしょく》の魔物――ゴブリンは、何やら雑談をしているようだ。

何を言っているのかは全く分からないが……

「ま、それは置いといて、倒そうか。ネムは念のためここに隠れててくれ」

「きゅきゅ！」

初の実戦。ゴブリン六匹――ちょうどいい相手だ。

リュックサックをそっと下ろしてネムを隠した俺は、腰にあるミスリルの剣に手をかけた。

「ふぅ……はっ！」

そして呼吸を整え、勢いよく地面を蹴って茂みから飛び出すと、一気に背後からゴブリンに迫る。

「はあっ！」

「ギャ、ア……!?」

気づく間もなく、背中から横なぎに胴を両断されて息絶える一匹のゴブリン。

よし——一匹目は簡単か。

そう思いながら、俺は反撃される前に少しでも数を減らそうと、横なぎに振るった剣を無理やり戻すような形で再び振るい、もう一匹のゴブリンも仕留める。

「きっつ……」

だが、これが限界だと判断した俺は、すぐさまバックステップで距離を取った。

そして、自分の両目でゴブリンを見る。

斬るって、ここまで力が必要なのか……慣れてないことを考慮しても、九歳児の俺にはゴブリンでさえ少しきついな。

これより上……オークまでならなんとかなりそうだが、それ以上となると魔力をちゃんと込めたミスリル剣でなければ、戦いの土俵にすら立てないだろう。

戦闘中であるにもかかわらず、俺は自分でも驚くぐらい冷静に分析する。

「「「ギャア、ギャア、ギャギャギャ！！！」」」

すると、俺の存在に気づいたゴブリンが、怒って棍棒を振り上げながら襲いかかってきた。

ここは……これでいこう。

「【魔力よ。光り輝く矢となれ】！」

直後、眼前に現れた魔法陣から四本の光る矢が放たれ、襲い来るゴブリンどもを迎え撃つ。

「ギャギャ！」

「ギャア！」

ゴブリンは咄嗟に避けようとするが間に合わず、矢が目に思いっきり突き刺さる。

「ギャギャアア!!」

「ギャアアァ！」

目に矢を一本受けただけでは、流石に死なない。

だが、激痛のあまり冷静さを失ったゴブリンは、棍棒をハチャメチャに振り回す。

それが仲間であるはずのゴブリンを叩き、無残にも二匹のゴブリンが地面に崩れ落ちた。

「ちょっと想定外だなぁ……」

確かに、目をしっかり狙って放った。

我ながらいい魔法なのだが……こんなラッキーな展開になるとは思いもしなかった。

「はあっ！　はあっ！」

「ギャアッ！」

「グギャッ！」

俺は地面に転がっていた石を二つ手に取り、まだ立っているゴブリン二匹の頭目がけて投擲《とうてき》した。

するとゴブリンたちが動きを少しだけ止める。

剣を構えて駆け出すと、怯むゴブリン二匹の間に入り――

「はあっ！」

円を描くように、斬り裂いた。

一撃で、ゴブリンは二匹とも地面に崩れ落ち、絶命する。

その後、地面に転がっていた負傷ゴブリン二匹もさっさと仕留め、戦闘は終わった。

「ふぅ……なんとも言えない感覚だな」

達成感、快感、不快感、疲労感――色々な感覚が、俺の中を渦巻いている。

人間に近い人型の魔物は、殺すと地味に心に来るな……

まあ、冒険者としてこれから稼いでいく以上、慣れるしかないな。この辺は。

「きゅっ！　きゅっ！」

「ああ、ネム。」

気持ちが不安定になっている俺を慰めに来たのか、ネムは足に飛びつくと、上目遣いで俺の顔を見つめてくる。

「ははは、っ……ありがとう、ネム」

「きゅ！　きゅきゅきゅ！」

ネムを左手で抱きかかえてみると、分かりやすく喜んでくれた。

癒されるなぁ……やっぱり。

「……うん。もう、大丈夫だ。とりあえず、血の臭いを他の魔物が嗅《か》ぎつけて来る前に、やることをやっておこうか」

俺はそう言うと、ゴブリンの死体に近づいた。そして、剣で次々と右耳を切断し、【浄化《クリーン》】で綺麗にしてから革袋に入れる。

これがゴブリンを討伐した証拠となり、冒険者ギルドの受付に出せば、報酬を受け取ることができる。

「よし。あとは、魔石かな」

ゴブリンは魔物であるため、魔石を体内に持っている。

大した値段にはならないだろうが、実入りのいい依頼を一切受けられない新人冒険者たる俺からしてみれば、それなりに重要な収入になることだろう。

「えっと……ここだな」

俺はゴブリンの左胸を見ると、その周りに剣を刺して、くり抜くように動かす。

すると、暗紫色《あんししょく》の半透明な石が少し見えてきた。

これが魔石だ。

魔石は魔道具の素材やそれを動かすエネルギーとして使われることが多い。

まぁ、質の悪いゴブリンの魔石じゃ、大した魔道具やエネルギーにならないだろうけど。

そう思いながら、俺は胸を開かれたゴブリンの死体からすっと目を逸らす。

「……すまん。ネム。あの魔石を取ってくれないか？　ついでに魔石に付着する血も食べてくれると助かる」

そう言って、俺は申し訳ない気持ちで、ゴブリンの左胸に埋まる魔石を指差す。

いや……冒険者をやる上で、こんなことを言うのはダメなんだと思うけどさ。

付着する血が多いと【浄化《クリーン》】でも完全に消しきれないからさ。

ほら、俺って光属性の適性、そんなにないし。

「きゅきゅ！」

だが、そんな俺の内心など全く知らないネムは、頼られたことに全身で喜びを表すと、ぴょんと下に飛び下りて、上手いこと魔石を引っ張り出す。

そして、魔石に付いていている血も食べて綺麗にして、俺に差し出した。

「ありがとう」

「きゅきゅ！」

俺はニコリと笑みを浮かべると、飛びついてきたネムを抱きしめる。

いやー、流石はネム。頼りになる～！

「よし。それじゃ、残りもやるか。頼むぞ、ネム」

「きゅきゅ！」

そうして残りのゴブリンの分も、今と同じ要領で魔石を回収するのであった。

「……はー、これで六百プルトか。いや、魔石を含めればもうちょいいくか」

予想はしていたものの、やはり少ない。これでは一日分の食費にすら届かないな。

やっぱ初めの内は、冒険者って結構大変なんだな。

今回は全て俺一人で討伐したから、報酬も全て俺のものになるけど、これがパーティーになると分割されるのか……

ちょっと割に合わないな。

まぁ、それは最初だけで、ある程度慣れてくれれば、命をかけるのに相応しいだけの金額は稼げるようになってくる。その時までの辛抱だ。

その時まで生きていたらの話だが……な。

「じゃ、次はどこに行くか……」

「むきゅむきゅむきゅ……」

俺はネムに、刀身に付着した血を食べてもらいながら魔物を探す。

「ふむ……色々いるが……む？」

スライムの視覚を見ながら次なる獲物を探していると、ふと目に留まるものがあった。

「冒険者だな。てか、あれ、結構やばくね？」

そこには体長三メートルほどの豚のような顔を持つ人型の魔物、オーク八匹に苦戦する、四人の冒険者の姿があった。内二人は既に地面に倒れ伏している。

見た感じ死んではなさそうだが、そこそこの重傷だな。

「くっ、はあっ！」

すると、前線にいる十五歳ほどの男性が剣を振る。

だが、間合いを見誤ったせいで、オークの腹にうっすらと切り傷をつけるだけだった。

オークが棍棒を横なぎに振り、その男性をふっ飛ばす。

「がはっ！」

男性は後ろの木に背中を打ちつけると、苦悶《くもん》の声を上げながら、ずざざと地面に崩れ落ちた。

もう一人の魔法師の女性は、前線にいた剣士の男性がいなくなったことで、いよいよ窮地《きゅうち》に陥っている。

「トラブルのもとになるってことで、手出しは原則禁止だが……助けるか。ネム、一旦リュックの中に入っていてくれ」

あのオークの動きを見るに、恐らく八匹いても倒せる。

そう思った俺は即座に転移の準備を始める。

「【魔力よ。空間へ干渉し、かの時空を記録せよ】」

まず、監視させているスライム越しに【転移座標記録《ワープ・レコード》】を使い、転移を可能にすると、次の呪文を紡ぐ。

「【魔力よ。空間へ干渉せよ。空間と空間を繋げ。我が身をかの空間へ送れ】」

【空間転移《ワープ》】を発動して、俺は彼らのもとへ転移した。

「ぐっ、はあっ！」

転移した俺は地を蹴ると、魔法師の女性に手を伸ばそうとしていたオークの腕に剣を振り下ろす。

ザン！

鋭い音と共に、オークの腕は綺麗に斬り飛ばされた。

なるほど。ミスリルの剣って、魔力を込めると、ここまで手応えがなくなるものなのか……

「来い！」

俺は八匹のスライムをそれぞれのオークの頭上に召喚した。

八匹全てを同時に、指定した場所へと召喚する……言うのは簡単だが、これがなかなかに難しい。

これは俺の努力の賜物《たまもの》だ。

そしてスライムで何をするのかって話なのだが、このスライムはただのスライムじゃない。

全て変異種。通常のスライムの数十倍以上の強力な溶解液を持つ特殊個体だ。

普通のスライムも溶解液は持っているのだが、濃度が高いのを出すのは攻撃する時だけで、普段一緒に過ごす分には全く害はない。

この変異種の溶解液は確か、一番強い奴で通常のスライムの四十倍の濃度だった気がする。

結構強いスライムなのだが、何故か俺のＦ級の《テイム》でも従魔にできてしまった。

それがオークの頭に落ちればどうなるか――

「溶かせ」

答えは言うまでもない。

「「「「「「「「ブフォオオォ！！！！！」」」」」」」」

刹那、オークたちが苦悶の声を上げ始めた。

やがて、どろどろに溶け出すオークたちの頭部。

ドサドサドサ――

そして、気づけば全員、息絶えていた。

……うん。えげつないね。

オークの体は厚い脂肪に覆われているが、頭は比較的脂肪が薄い。

それを狙っての攻撃なのだが……凄い威力だわ。

こんなに強力なスライムは、手元に置いといた方がいいのかもしれないが……スライムって、常に極少量の溶解液を体から出して、潤《うるお》いを保っているんだよね。

変異種のスライムは、攻撃する時はもちろん、普段の溶解液の濃度も普通のスライムの数十倍だ。

だから、手元に置こうものなら……そう。とんでもないことになる。

「……まぁ、とりあえず一旦隠れてくれ」

俺はグロい光景を前に嫌な顔をしながらも、そう言って、スライムを木の陰に促した。

珍しいスライムをテイムしているのはできればバレたくない。

「間に合ったようだな。大丈夫ですか？」

俺は目の前で尻もちをつき、呆然とする魔法師の女性に向かってそう問いかけた。

「う、うん。大丈夫。あの……助けてくれて、ありがとう」

彼女は困惑しつつも杖をついてゆっくりと立ち上がると、ぺこりと頭を下げる。

「無事ならよかったです。それで、他の人は？」

俺の一言に彼女はハッとすると、地面に倒れる二人のもとへ駆け寄る。

「大丈夫⁉」

「ぐあ……ああ……ど、どうやら、助けが、来た、ようだな……」

彼女の声かけに、魔法師らしき男性が呻《うめ》き声《ごえ》を上げた。

「ええ。よかった。でも、流石にきついわね……」

次に槍術師《そうじゅつし》らしき女性が口を開いた。

二人共まだ意識はあった。しかし、このままだといずれ失血死するな。

そう思った時、魔法師の女性がポーチから液体の入った小瓶を取り出した。

そして、それを二人の傷口にそれぞれ振りかける。すると、傷口が淡く光った。

「ああ。まだポーションが残ってたのか」

俺はそう呟く。

ただ、このポーションはそこまで効果の高いものでもないようで、止血をするだけにとどまった。

とはいえ、血さえ止まれば持ちこたえることができそうだ。

シュレインまで戻り、回復魔法の使い手に治療を頼めば問題ないだろう。

え？　お前も光属性の魔法が使えるだろって？

まぁ、確かに回復魔法は光属性だけどさ。俺って適性率四十パーセントだから、空間属性ほど上手く扱えないんだよね。

魔力容量と魔力回路強度も平均ぐらいだし……

だから、俺では実力の問題で力にはなれないんだよ。

「これでよし。あとは……」

魔法師の女性は立ち上がると、今度はふっ飛ばされた剣士の男性のもとへと向かう。

「う……痛てぇな……」

幸いにも、彼は二人ほど酷い怪我ではなかったようで、自力で立ち上がっていた。

その様子を見た魔法師の女性はホッと安堵の息を吐きながら声をかける。

「大丈夫？」

「全然大丈夫じゃねーよ。普通に痛てぇ。ただ、これならポーションで治せる」

彼は自身のポーチからポーションを取り出すと、それを背中に振りかける。

すると、彼の背中が淡く光った。

「ふぅ……これでよし。もう大丈夫だ」

彼が背中をさする。

「それで、何があったんだ？　意識が飛んでいたから分からねぇ」

「実は、ギリギリのところで冒険者がやってきて、助けてくれたのよ」

「そうか。それは運がよかったな。それで、その冒険者は？」

剣士の男性は辺りを見回しながら問いかける。

「あそこにいる少年よ」

魔法師の女性は俺に視線を向ける。

そして、剣士の男性も同じように俺の方を向く。

「え!?　あんな子供が!?」

剣士の男性は俺を見るなり、素《す》っ頓狂《とんきょう》な声を上げた。

随分と失礼な物言いだが……まぁ、こうなるのも無理はない。

何せ俺は九歳の子供。身長も百四十センチ程度しかない。

同年代で比べれば高い方ではあるのだが、それでも彼らよりずっと小さいことに変わりはないのだ。

「本当よ。あの子が現れた瞬間、オークが苦しみだしたかと思えば、一斉に地面に倒れたの。一瞬のことで、何が起きたのかよく分からなかったけど……」

「マジか。確かにオークが死んでいるな……グロい感じで。でもまぁ、ともかく助かったってことか」

剣士の男性は地面に倒れるオークを見てから、俺に近づく。

そして、頭を下げた。

「ありがとな。君のおかげで助かったよ」

「別に、無事ならいいですよ」

善意で助けたというよりは、あのまま見捨てたら後味が悪いと思っただけ。

だから、礼を言われても……って感じにはなってしまうのだが、悪い気はしない。

「……早くシュレインに帰った方がいいですよ。血の臭いで、魔物が寄ってくるかもしれないから。

あと、オークの素材は俺がもらってもいいですか？」

そう言って、俺は地面に倒れるオークを指差す。

俺が倒したんだから、素材はもらっても問題ないだろう？

……というか、欲しい。

今はとりあえず、安心できるだけの金が欲しいんだ……！

「ああ。全部持っていってもらって構わない。俺たちはこのまま、あの二人を背負って帰るつもりだ」

そう言うと、剣士の男性は歩き出した。

そして地面に倒れる二人を持ち上げる。

とんでもない筋力だな！

まあ、これは十中八九祝福《ギフト》のおかげだろうな。

多分レントと同じ《剣士》の祝福《ギフト》だと思われる。

C級でも、発動中なら倍近く身体能力が上がるっていうからな。

いやー、純粋に羨ましい。

何せ俺には、身体能力を強化する方法がない。

そのせいで、工夫でなんとかするしかないって状況なのだ。

「ふぅ……それじゃ、さっさと帰るか。あ、君！　名前は？」

ふと、剣士の男性からそう問いかけられた。

ああ、そういや名乗ってなかったな。

「俺の名前はシン。Fランク冒険者です」

「そうか。俺はウィル。Eランク冒険者だ。この調子じゃすぐ君に抜かされそうだがな。それじゃ、今日はありがとな。この恩はいつか返すぜ」

そう言って、剣士の男性——ウィルは笑みを浮かべながら去って行った。

魔法師の女性も「いつか必ず恩を返すね」と言って、ぺこりと頭を下げると、ウィルのあとに続いて小走りで去って行った。

「ま、あの様子なら大丈夫そうだな。行く先に魔物がいるが、ゴブリン数匹だし」

ゴブリンぐらいなら、あの状況でも容易く撃破できるだろう。

そう思った俺はクルリと背を向けると、オークの死体を見やる。

「うわぁ……やっぱりグロいなぁ……」

完全に溶けているのではなく、微妙に形を保っているのが、そのグロさに拍車をかけている。

「……てか、討伐証明部位取れなくね？」

オークの討伐証明部位は二本の長い牙《きば》だ。

だが、彼らは皆、頭部を溶かされている。そのせいで、牙も溶けて短くなっているのだ。

これでは、討伐証明部位と見なされない可能性が非常に高い。

「はぁ……いや、オークの討伐依頼はEランク冒険者以上だ。だから、証明部位を持っていったところで説明がめんどくさくなる。これでいいんだ！」

そう自身に言い聞かせると、俺は剣を構えた。

そして、さっきと同じように左胸部分を切り開くと、そこから見えている魔石を指差す。

「よし。ネム、出てきていいぞ。あの魔石を綺麗にして、俺に渡してくれ」

「きゅきゅ！」

そして、ネムがゴブリンの時よりも手際よく魔石を回収し、汚れを食べて、俺に「きゅきゅ！」と渡してくれた。

残った死体は変異種スライムに食べてもらうことにした。

これをもう七回行い、全て回収し終えた俺は、その場で大きく体を伸ばす。

「よーし……っと。終わった終わった。さて、これからどうするか……？」

俺はスライムによって捕食されるオークの死体から目を背け、澄んだ青空を眺める。

直後、お腹が「ぐるるる～」と鳴り響いた。

「あ、もう昼か」

陽光は真上から差している。

じゃあ、さっさと昼食を食べ……あ。

「やっべ。昼食買うの忘れてたわ」

俺は頭を掻《か》きながら、自分のやらかしに気づき、ため息をつく。

依頼が午前中だけで終わることなんてそうそうないという。

そのため、冒険者は常に保存食を持ち歩いているのだ。

だが、今回俺はそれを買い忘れた。

実家にいた時、あれだけ冒険者について色々と調べたというのに……！

なんか悔しい。

「ちっ、本当はもう少しここで色々やりたかったけど……仕方ない。一旦シュレインに帰って、昼食を食べてくるか。そのあと、もう一度……いや、ネムにつける従魔の証を買って、時間があったらにするか」

早くシュレインに帰って腹ごしらえをしよう。

あとは、従魔の証になるものを買って、堂々とネムを連れ歩けるようにしよう。

「じゃ、帰るか」

「きゅきゅ！」

俺はスライムの視覚から、どの方向にシュレインがあるのかを確認すると、その方向へと向かって歩き出すのであった。

◇　◇　◇

その後、数十分ほどで門に辿り着いた俺は、冒険者カードを見せて中に入る。

依頼を終えて帰ってきた冒険者は、怪しまれない限り手荷物検査はされない。

おかげで従魔の証をつけていないネムを見られずに済んだ。

まぁ、見られてもスライムだから、そんな大したことは言われないだろうけど。

そんな感じで門をくぐり、シュレインに戻った俺は、早速昼飯を探し始める。

「ん～……お、いい匂いがしてきた……！」

肉が焼ける匂いに釣られ、やってきたのは屋台だ。

そこでは、おじさんが串焼《くしや》きを焼いている。

……よし。今日はここにしよう。もう、我慢できないんだ！

幸い、実家から持ってきた金がある。小銀貨二十枚、銀貨八枚が俺の全財産だ。

「すみません。串焼きを五本ください」

そう言って、俺は小銀貨一枚をおじさんに手渡す。

「おう！　毎度あり」

おじさんは上機嫌に小銀貨を受け取ると、焼いていた肉に美味しそうなタレをつけ始める。

濃いタレだね。塩も好きだけど、こっちもいいんだよね～。

そして、おじさんは串焼き五本をまとめて持つと、俺に手渡した。

「ほい、串焼き五本だ。熱いから気をつけろよ」

「ありがとうございます」

俺は垂れそうになる涎《よだれ》を呑み込むと、笑顔でその串焼きを受け取った。

そして、道の端に腰かけると、一本頬張る。

「もぐっ、もぐっ……ん！　美味しい！」

食べ応えのある肉。噛めば噛むほど、タレとよく絡んだ肉の味が口の中いっぱいに広がる……！

これは最高だ。どんどん食べ進められる。

「もぐもぐ……んぁ、ネムも一本食べな」

今の俺は九歳の子供。この大きさの串焼きを五本も食べられない。

だが、あえて買ったのはネムにあげるためだ。

ネムは俺のために、魔石を回収してくれたからな。その礼だ。

それを言ったら、オークを仕留めてくれた変異種スライムにはないのかって？

……流石にそこまでやってたら金が持たない。一応あの子たちには倒したオークの肉を食べさせてあげたので、それで勘弁してもらうとしよう。

「きゅ！　きゅきゅ！」

俺に呼ばれ、リュックサックからひょこっと顔を覗かせたネムは、俺が差し出した串焼きを見るや否や、嬉しそうに鳴き声を上げた。

そして、食べる……というよりは全身で取り込むような感じで串焼きを捕食する。

「きゅ！　きゅぺっ！」

最後に、残った串をぺっと吐き出すと、満足そうにリュックサックの中に戻って行った。

スライムはなんでも食べるから、一応串も食べられるけど、ネムはお気に召さないみたいだ。

あー、可愛い。癒される。

「ははっ、満足したようだ」

そんなネムを見て、俺も満足すると、串焼きを頬張る。

それから少しして、串焼きを完食した俺は、屋台のごみ袋に串を捨て、冒険者ギルドに向かって歩き出した。


数分後、冒険者ギルドに辿り着いたので、扉を開けて中に入る。

冒険者ギルドの中は、さっきより少しだけ人が多かった。だが、混んでいるというほどでもない。

一番混む時間帯は、依頼を終えて帰ってくる人が多くなる夕方頃だからね。

だからなるべくその時間帯は避けたいものだ。

そう思いながら、俺は酒場で食事をしながら飲んだくれる冒険者たちを横目に、受付へと向かう。

そして、受付に着くと、女性に声をかけた。勿論、相手はさっきと同じ人。

「依頼完了の報告に来ました」

「あ、よかった。無事だったんですね」

彼女は俺を見るなり、安心したようにホッと息を吐く。

そんなに心配するか……？

……いや、普通に考えて、十歳にも満たないような少年が、魔物のいる森に一人で行ったら、心配するに決まってる。

どうしても、前世の年齢で物事を考えるところがあるからなぁ……俺。

これがいい癖なのか、悪い癖なのかは、よく分からないけどね。

「はい、大丈夫です。それで、これが依頼のフィルの花とゴブリンの耳です」

そう言って、俺はここへ来る途中に【空間収納《スペーシャル・ボックス》】から取り出した二つの革袋と依頼書を、受付の上に置く。

「分かりました。では、数えさせていただきます」

女性はそう言って、受付の下から木箱を取り出すと、その中に一本ずつフィルの花を入れて計測する。

そして次に、ゴブリンの右耳も数えた。

「……はい。フィルの花は二十本ありますので、これで依頼達成になります。また、常設依頼のゴブリン討伐も、達成となります。それでは、冒険者カードの提示をお願いします」

「分かりました」

俺は頷くと、ポケットから冒険者カードを取り出し、女性に手渡す。

女性はそれを受け取ると、何か書類を書いてから、返してくれた。

「それでは、報酬をお渡ししますね」

女性がそう言い、受付の下でチャリンと音がしたかと思えば、受付の上にいくつかの硬貨が並べられた。

「小銀貨三枚と銅貨六枚になります。確認をお願いします」

「……はい、大丈夫です。ありがとうございます」

俺は金額が正しいことを確認すると、それをリュックサックに入れる。

「それでは、お疲れ様でした」

受付の女性がにっこりと微笑む。

フィルの花を入れていた革袋と、ゴブリンの右耳を入れていた革袋をそれぞれ回収した俺は、女性に見送られて受付をあとにした。

「……よし！」

少し離れた俺は、思わず小さくガッツポーズをした。

前世含め、これが初めて仕事で稼いだ金だ。

金を稼ぐというのは、ここまで感慨深いものなのか……！

「さて、あとは魔石を売りに行かないとな」

魔石は冒険者ギルドではなく、魔石ギルドっていう、ここともまた別のところで売るんだよね。

というわけで早速行こう！

そう思っていると、ちょうど酒場の前を通ったところで声をかけられた。

「よ～、金が入ったんだろ～？　それでちょっと酒を奢《おご》ってくれよ～」

だいぶ酔っぱらっている男性冒険者が、そう言って俺の前に立った。

そして、後ろでその様子を眺めている他の酔っ払い冒険者は、「俺たちにも奢れよ～」と囃《はや》し立《た》てている。

……うっわー、この展開、前世のファンタジー小説で呼んだことあるぞ？

これが先輩冒険者に絡まれる新人冒険者っていう超テンプレ展開か！

え？　ただ酔っ払いに絡まれているだけだって？

うん、そうとも言える。

ま、そんなことは置いといて、こいつらに大事な金を渡せるわけがない。

サクッと断るか。

「いえ、無理です。では」

俺はバッサリとその申し出を拒絶して、立ち去ろうとする――が。

「あ？　生意気なガキが！」

酔っぱらって気が大きくなっているせいなのか、それとも元々そうなのかは分からないが、子供の俺に殴りかかってきた。

大人げねぇ～……

そう思いながら、俺はひらりとその拳を躱《かわ》す。

流石に酔っ払いの拳には当たらないって。子供の体でも、それなりに余裕を持って躱せるよ。

「ちっ、避けんじゃねぇ！」

すると、なんか追撃を仕かけてきた。

後ろにいる酔っ払い冒険者たちは……ああ。全然止める気ないな。

「やるか」

ここで逃げるのは癪《しゃく》だ。

一つ、反撃させてもらおうか。

「はっ」

俺は再びその拳を躱すと、素早く飛んだ。

そして、右手を手刀にすると、その男の首に向かって……ドスッ！

「う……」

男は声を上げると、気を失って倒れた。

これはまぁ、護身術みたいなものだ。

こいつと普通に殴り合うのは、体格差で分が悪い。

だから、こうやってちょっと急所を狙わせてもらったというわけだ。

他には男の大事な場所……も狙い目ではあるが今回はこっちをチョイスした。

「じゃ、次はこんなに優しくしないからね」

そう言って、俺はその場から立ち去った。

こういうのが日常茶飯事《にちじょうさはんじ》だとしたら、この世界ってつくづく治安が悪いよなぁって思う。

冒険者ギルドを出た俺は、すぐ近くにある魔石ギルドへと向かう。

魔石ギルドは魔石の取引を専門としているギルドで、公正な取引を心がけていることで有名だ。

ぼったくられる心配もない。

日本では全然考えていなかったが、この世界ではぼったくりって結構あることだからね。

侯爵家でスライムを通して街や森の様子を見ていた時に、何度か被害にあっている人を見かけた。

しかも、余程悪質でもない限り罪には問われないせいで、なくなることはない。

騙される方が悪いってやつだ。

ちゃんと市場価格を知っている人なら、騙されることはなく、逆にぼったくりを指摘すれば、口止め料を兼ねて、市場価格よりも安く売ってくれたりもするんだよね。

まあ、逆上する奴もいるから、一長一短だけど……

そんなことを考えながら、歩くことわずか三十秒。

着いた先は、冒険者ギルドと似たような木造二階建ての大きな建物だ。

俺は早速扉を開けると、中に入る。

「ん……そこまで混んではいないか」

魔石ギルドの中は、冒険者ギルドと比べると、若干落ち着いた雰囲気だった。

何故、若干かと言うと、取ってきた魔石を売りに来ている冒険者は騒がしく、魔石の取引をしている商人などは落ち着いているからだ。

そんな両極端な二者が同じ場所にいれば、トラブルになりそうな気がしなくもないが、互いに関わらないという暗黙の了解みたいなものがあるっぽい。

実際、冒険者と冒険者以外に受付が分けられていた。

俺は当然、冒険者の受付へと向かう。

「魔石を売りに来ました」

「では、魔石を出してください」

俺が声をかけると、受付の男性が答える。

「分かりました」

俺は頷くと、リュックサックの中から魔石が入った革袋を取り出す。

そして、それを受付の上にドサッと置いた。

「では、査定いたしますので、少々お待ちください」

彼はそう言うと、革袋から一つ一つ魔石を取り出していく。

そして、なんの魔石なのかや、品質を見極めていった。同じ魔物の魔石でも、傷がついていたら、当然価値は下がるからね。

まぁ、大丈夫だとは思うが……

もっともゴブリンやオークの魔石では、元々大した値段にならないから、そんなに差はないだろうけど。

すると、もう査定が終わったのか、男性が硬貨を手に取った。

「オークの魔石八個で千六百プルト。ゴブリンの魔石六個で三百プルト。合計千九百プルトをお渡しします」

そう言って、彼は小銀貨一枚、銅貨九枚を俺に手渡す。

まあ、金額としては妥当なものだ。

「ありがとうございます」

礼を言って、俺は金を受け取ると、魔石を入れていた革袋と共にリュックサックの中に入れる。

そして、踵を返して歩き出した。

いやー、これで今日の仕事は完了だな。

冒険者活動初日で稼げた金額は、五千五百プルト。

初日でこれだけ稼げたのなら、まぁ上出来だろう。

今日で色々と学べたし、明日以降はもっと稼げると思われる。

「さてと。次は雑貨店に行くか」

従魔の証をネムにつけなければ、堂々とネムを連れて歩くことはできない。

もしネムが討伐された時に、泣き寝入りをするしかなくなってしまうのだ。

従魔の証をつけていなかったお前が悪い！　ってね。

「雑貨店は色々あるし、まあ近場から寄ってくか」

俺はそう言うと、魔石ギルドから出た。

そして、すぐ近くにあったドール雑貨店という店に入る。

「ふーむ。色々あるな」

ここには貴族ではなく、平民がつけるようなアクセサリー、他にもコップや皿といった日用品など、色々なものが売っている。

ネムにつけるとしたら何がいいのかなぁ……

「帽子とかかぶらせたら可愛いだろうなぁ……でも、ちょっと大きすぎるか。もうちょっとコンパクトなのはないかなぁ……」

冒険者は沢山動くから、邪魔になるようなものではダメだ。

それでいて、ネムに似合うもの。

うーむ。難しい。

「うーん。指輪？　……て、指ないじゃん。あー……お、これとかどうだろう？」

ふと、俺の目についたのは、六芒星《ろくぼうせい》の黄色いバッジだった。

グラシア王国と周辺国において、六芒星は平和の象徴だ。

遥か昔、魔物に淘汰されそうになった人々を救った六人の英雄が由来だと、歴史書に書いてあったのはよく覚えている。

この六人は、主神エリアス様から授かった強力な祝福《ギフト》で人々を守ったという。

「ほどよい大きさ。水色のネムに黄色は目立つ。うん。完璧だな」

針の部分を体内に取り込んでもらえば、取れる心配もない。

こうしてネムにつける従魔の証を決めた俺は、店員に会計をお願いする。

「これを買いたいのですが、いくらですか？」

「ああ、それは銅貨二枚だよ」

気さくな男性店員が、俺を見てニカッと笑うとそう言った。

「分かりました」

俺は頷くと、リュックサックの中から銅貨を二枚取り出し、店員に渡す。

「毎度あり」

店員は再度ニカッと笑った。

よし。早速つけてみよう。

俺は店から出ると、道の端へ行く。

「ネム。出てきてくれ」

「きゅきゅ！」

ネムはいつものように、元気にリュックサックから出てきた。

そして、俺にべったりとくっつく。

「ネムにプレゼントだ。これを身に着けてくれ。針のところを体内に取り込むような感じでやってみて」

そう言って、俺はついさっき買ったバッジをネムに差し出す。

「きゅ！　きゅきゅきゅ！」

ネムはバッジを手（？）に取ると、全身で喜びを表す。

どうやら、気に入ってくれたみたいだ。

すると、自分の頭（？）にそのバッジをぐっと押し付けた。

直後、ズブッとバッジが沈んだ。

「きゅきゅ？」

これでいい？　とでも聞くような感じで、ネムは頭（？）についているバッジを見せつける。

おお！　なかなか似合ってるじゃん。

そして、いい感じにバッジが目立っている。これなら、従魔であると分かるだろう。

「うん。似合ってるよ。これで、堂々と一緒に出歩けるな」

「きゅきゅ！」

俺は喜ぶネムを両手で抱きしめながら、頬を緩ませる。

コソコソ隠すのは、もう嫌だからね。これからは堂々とできる。

まぁ、戦闘時は念のため、リュックサックの中に入ってもらうだろうけど。

「さてと。次は装備をもう少し整えないと」

俺って装備品を全然持っていないんだよね。

屋敷にいた時は欲しいなんて迂闊《うかつ》には言えない状況だったからな。仕方ない。

宝物庫に侵入した時に、もうちょっと見とけばよかったかな？

でも装備品は大きいから、やはり盗ったらすぐバレそうだ。

リスクを考えれば、ミスリルの剣が手に入っただけでも、万々歳か。

「あー、忘れよう忘れよう。考えたらキリがない。そもそも、侯爵家の宝物庫にあるようなものをＦランク冒険者が身に着けてたら、怪しいことこの上ない」

そう言って、俺は頭を振って雑念をかき消す。

そして、ネムを肩に乗せると、武器と防具の店に向かって歩き始めた。

◇　◇　◇

数分後、店に着いた俺は、一見物置のように見える店内を歩く。

ここはちょっと裏道に入った場所にある、知る人ぞ知る店だ。

何年もスライムを使って情報収集に励んできた俺が、シュレインでもっともいい店を探した結果、ここに行きついたんだよね。

「おや？　ガキが来るとは珍しいな。だが、俺は俺が選んだ客にしか作らんぜ？」

すると、無精髭《ぶしょうひげ》を生やした筋肉質なおじさんが、奥から出てきた。

ここは武器や防具を仕入れて販売しているのではなく、作って販売しているのだ。

そのため品数が少なく、客を厳選しないと生産が追いつかない。

「はい。脛当《すねあ》てと籠手《こて》、あとは普段使いの剣を作ってほしくて来たんです」

俺は正直に、用件を話す。

この人は、言葉通り、選んだ客にしか作らない。

気に入らない客はどんなに大金を積まれようが断るという偏屈っぷりだ。

その理由は彼の経歴にある。

昔、彼は鍛冶《かじ》ギルドで期待の新人と呼ばれていた。しかし、拘《こだわ》りが強すぎるが故に鍛冶ギルドとそりが合わず脱退して、今はここにいる……といった感じだ。

これも全部調べた。いやー、流石に大変だったけど、スライムを大量に動かして、街の人の噂話を聞くことで情報を得ることができた。

だから、彼――ガヌスさんの首を縦に振らせる方法は熟知している。

それは――

「そうか。なら聞こう。なんのためにそれを使う？」

「自分自身と、この子を守るために使います」

そう言って、俺は肩に乗るネムを優しく撫でる。

「そうか……その年で答えを見つけているとは、驚いたな。胡散臭《うさんくさ》い理由じゃなく、俺好みの理由だ……よし。気に入った。格安で作ってやるよ」

ガヌスさんは上機嫌にそう言った。

よし！　成功だ……！

彼を頷かせるには、武器や防具を使うしっかりとした理由を見つけていなければいけないのだ。

それがないと、絶対に断られる。

ちなみに、俺が言ったことは当然本心だ。

俺は別に、他人のために力を振るうような聖人じゃない。もっと身近な、自分が守りたいものを守るために、この力を使いたいんだ。

森で冒険者を助けたのは、彼らの命を救いたかったからではなく、見捨てたら後味が悪いから。

他人の命に責任を感じないからな。そういうのは、屋敷でとっくに捨てた。

俺自身は決して、強くないんだから。

……弱くもないけど。

「ありがとうございます」

俺はガヌスさんに頭を下げる。

「その年で、随分と礼儀正しい……お前どこかのお坊ちゃんか？」

お、結構鋭いな。

ガヌスさんは権力者が嫌いなようだし、そのセンサーが反応したのかな？

「貴族家の元跡取りです。勘当されて、今は平民ですけど……」

俺は肩をすくめて、おどけるように言う。

「そうか……」

「はい……苦労しました。でも勘当されたから、今は自由の身です。屋敷にいた時みたいに、周りに気を遣わなくていいから楽ですよ」

「そりゃ、よかったな。ついでに言うが、俺は権力者が嫌いだ。あいつらのほとんどは、芯《しん》がねぇ。武器や防具をただの道具としか見てねぇんだよ」

その言葉には重みがあった。

詳しくは知らないが、相当辛かったんだろうなぁ……

「そんじゃ、早速作るか。あ、俺の名前はガヌスだ。よろしくな。それと、俺と話す時はそんな堅苦しい話し方じゃなくていい」

そう言って、ガヌスさんは俺に手を差し出す。

「そうか。じゃあ、普通に話すよ。俺の名前はシン。よろしく」

そう言うと、俺はその手を握った。

「よし。契約成立だな。まずはサイズを測る。ちと触らせてもらうぞ」

ガヌスさんはそう言って俺の腕を掴むと、じっと見つめる。

「ふーむ。ちなみに、何かこうして欲しいとかはあるか？」

「できれば動きやすいやつがいいな。そもそも攻撃に当たりたくないからね」

俺は一発攻撃を受けるだけでも、致命傷になる可能性がある。

それくらい、この体は脆いのだ。何せ、俺は九歳児だからな！

あー、身体強化系の魔法使いたいなー。

一応、光属性の魔法に【限界突破《オーバーロード》】っていう、リミッターを外すことで身体能力を大幅に上げる魔法がある。これが俺の使える唯一の身体強化系の魔法だ。

ただ、リミッターを外すだけだから、別に体の強度は上がらないっていうね……。

とまぁ、動きやすさを重視すると、籠手と脛当てを装備するのが一番……というわけだ。

「ふむ。んじゃ、次は足も見せてもらうぞ」

そう言って、ガヌスさんは膝をつくと、俺の脛回りを触る。

一見触っているだけのように見えるが、これでもちゃんと測っているのだろう。

《鍛冶》の祝福《ギフト》を持っている人の中には、触っただけでサイズが分かる人もいるらしいからね。

そんなこんなで数十秒、腕と足を触ったあと、ガヌスさんはよっこらせと立ち上がった。

「おっし。これで十分だ。そんじゃ、作ってやる。お前さんに合う、いいものをな」

「それはありがたいけど……予算が八万プルトと少ししかないんだ。だから、あまり高価な素材は使わなくていい。払えないから」

「はっはっは。まぁ、いいだろう。その予算内で最大限いいものを作ってやる。妥協は嫌いなんだ」

ガヌスさんは胸を叩くと、自信満々にそう言った。

「そんじゃ、これから早速作るとしよう。三週間後ぐらいにまた来てくれ」

「分かった。頼んだよ」

俺は軽く手を振って、その場をあとにした。

よし。これで装備品も大丈夫そうだな。

それにしてもガヌスさんに元貴族だって感づかれたな……

言葉遣いはもっとラフな方がいいのか？

誘拐されたり、金目のものを持っていると思われて襲われたりするのは嫌だからね。

俺は歩きながら、このあとのことを考える。

「他に何か欲しいものは……うん。今のところはないかな」

思い出していないだけで、必要なものがまだあるかもしれないが、ひとまずはこれで問題ないだろう。

「よし。それじゃ、宿へ行こう」

今の俺は家がない。言わば、ホームレスだ。

そして、当然家を買う金はないし、部屋を借りる金もない。

ならば、安宿に泊まるのが手っ取り早いだろう。

だが、あんまり安すぎる宿だと、衛生面や治安の問題が出てくる。

故に、ほどよく安いところを狙うべきだ。幸い、その調査も既に終えている。

「さぁ、行こうか」

「きゅきゅきゅ！」

俺は弾んだ声でそう言うと、目的の宿に向かって歩き始めた。


「ここかな……？」

俺の目の前にあるのは、どこにでもあるようないたって普通の宿だ。

でも、そこがいい。

この宿には、ここがいい！　と思うような要素はない。だが、文句が出るような要素もまたないのだ。

「入るか」

まだ日は高めの位置にあるが、ここは俺が目をつけただけあって、そこそこ人気だ。

早めに部屋を取っておかないと、満室になってしまう可能性が非常に高い。

俺はドアを開けると、中へ入った。

「ふむ……」

中は落ち着いた雰囲気。そして、静かだ。

昼間だから、当たり前と言えば当たり前だが……

すると、俺の姿に気づいた宿の女将《おかみ》さんがこっちへ来る。

「おや？　見ない顔だね。『木漏れ日亭《こもびてい》』へようこそ。泊まりに来たのかい？」

女将さんは元気な笑みを浮かべながらそう言う。

「ああ、家がないからしばらく泊まらせてもらおうかと思って。とりあえず、三十日分取りたい」

こういう人気宿は、こうやって先に予約をしておいた方がいい。

金はだいぶ減ってしまうが、稼ぐのは可能だということが今日分かったので、問題はない。

想定外の事故で稼げなくなるなんてこともあるが……そうなったら、また別のプランがある。

勿論そうならないに越したことはないが、何事も万が一は考えておくべきだよな。

「一か月かい。分かったよ。三十日で六万プルトだね。でもまぁ、特別に五万プルトにまけてやるよ」

女将さんは気前よくそう言った。

「え、いいの!?」

俺は思わず目を輝かせる。

宿代をまけてもらえるなんて、思ってもみなかった。

「ああ。子供から大金は取りたくないからね。それに、うちはそこそこ儲かっているから、それくらい大したことないさ」

女将さんは元気よく笑う。

すげー……俺もこんなこと言ってみたい……！

「ありがとう！　じゃあ、銀貨五枚を――」

俺はリュックサックから銀貨五枚を取り出すと、女将さんに手渡す。

女将さんは温かくて力強い手でそれを受け取ると、ニコリと笑った。

「毎度あり。二階の五号室を使いな。あと、ここでは朝と夜に食堂をやってる。そこで食べるといい」

そうそう。ここの一階は食堂になっているんだよね。

それで、夜になると、依頼を終えて帰ってきた冒険者たちで賑わう。

「分かったよ。夕食の時間になったらまた来る」

そう言って、俺は小さく欠伸《あくび》をすると、階段を上り、二階へと向かった。

そして二階に着いた俺は、ドアに書かれている番号を一つ一つ確認していき、五号室を見つける。

「ここか……」

そう呟きながら、俺はギィッとドアを開けて、中に入った。

部屋は、六畳一間のこぢんまりとした感じだ。

小窓が一つと、簡素なベッドが一つ。そして、その横には小さな丸テーブルと椅子が置かれている。

小さめのタンスも部屋の隅にあり、そこに荷物などを置いておくことができるだろう。

部屋に入った俺は、ガチャリと鍵をかけると、よろよろとベッドに近づく。

「あー、色々あったなー！」

そして、どかりとベッドの縁に座った。

いやー本当に今日は色々あった。おかげで疲れちゃったよ。

「きゅきゅきゅ！」

肩でじっとしていたネムが俺の胸元にやってきて、しきりに、構って！　とやってくる。

「はいはい。今日はありがとな」

俺はネムを抱きしめた。

ひんやりとしたネムの体温が、俺の頬や腕に伝わる。

「きゅきゅ～」

そしてネムは、心底心地よさそうな声を漏らした。

「よしよし……ああ、リュック下ろさないと」

俺は名残惜しさを感じつつも、ネムをベッドの上に置くと、リュックサックを肩から下ろし、床にドサッと置いた。

「はーあ。休憩タイムだし、体、綺麗にするか」

ふと、思い出してそう呟くと、俺は呪文を紡ぐ。

「【魔力よ。光り輝き浄化せよ】」

直後、俺の服と体が淡い光に包まれ、なんだかさっぱりとした気分になる。

【浄化《クリーン》】を利用し、体を洗浄したのだ。

光属性の魔法は適性率が低いのであまり使わないが、これだけは例外。

【浄化《クリーン》】は俺でも簡単に使えるし、それでいてめっちゃ便利だからね。

ちょっと体を綺麗にしたい時とかに、手軽に使える。

まぁ、それでも魔力の無駄遣いはできないんだけどね。

「ふあぁ……休むか。今日は心の休憩も必要だ」

そう言って、俺は再びネムを胸に抱きかかえると、ゴロリとベッドに寝転がった。

寝心地は、流石に屋敷のものと比べると悪い。

だが、別に気にならない。これぐらいでどうこう言うようだったら、俺は死ぬ気で勘当されないようにしていたはずだ。

「きゅきゅ～」

ネムもご満悦といった様子で、俺に身を預ける。

あー、このまま眠っちゃいたいぐらいだな。

今の時間……はさっきシュレインの中心部にある時計塔を見たから覚えている。

確か、午後の二時だ。

「……昼寝には、ちょうどよさそうだな」

そう呟くと、俺は念のため、警戒用のスライムを数体呼んだ。

もし、誰かが部屋に入ろうとすれば、俺を起こすよう伝えてある。

あと、時計塔にいるスライムにも連絡し、六時になったら起こすようにも言った。

これで、寝過ごして夕食を食べそこねてしまう心配もない。

「ん……寝よ……」

「きゅ……きゅ！」

そして、俺は意識を手放した。

◇ ◇ ◇

『きゅきゅきゅー！　きゅきゅきゅー！』

頭の中で、スライムの鳴き声が聞こえる。

「……んぁ？」

その声で目を覚ました俺は、上半身を起こすと、辺りをキョロキョロと見回す。

『きゅきゅきゅー！　きゅきゅきゅー！』

ああ、誰か来たのかな？

……いや、これは時計塔からか。

てことは、もう六時になったのか。

ふと窓の外を見てみると、もうだいぶ暗くなっていた。沈みゆく太陽が窓から見える。

「さて……行くか。いや、その前に……ネム。他のスライムから連絡は来た？」

「きゅきゅ！」

俺の言葉に、ネムは元気よく頷いた。

これからは彼らが活躍する機会も増えるだろうし、どんどん新たなスライムをテイムして増やしていかないと。

あまり言いたくはないが、スライムはとても……弱いからね。

「で……おっと」

寝起きの状態で、連絡をしてきた全てのスライムの視覚を同時に見たせいで、一瞬ふらつく。

しかし、すぐに心を落ち着かせると、その全てに《テイム》を使う。

「……よし。大丈夫だな。それじゃ、行くか」

新たな繋がりが無数にできたことを確認した俺は、ネムを肩に乗せて立ち上がると、リュックサックを背負ってから、鍵を開け、部屋を出た。

下からは、ざわざわと人の声が聞こえてくる。どうやら、もう既に多くの人たちが食事をとっているようだ。

階段を下り、一階へと向かう。

「ん～……こういう雰囲気も悪くないね」

俺は騒ぐ冒険者らしき人たちをぼんやりと眺めながら、穏やかにそう呟いた。

さーてと。席は……お、隅のテーブル席が空いてるじゃん。

あそこにしよう。あそこなら、絡まれにくそうだし。

そんなことを考えながら席へ向かい、椅子に座ると、リュックサックを置いた。

そして、従業員を呼ぶ。

「すみません！　注文を！」

「あ、はーい。何を注文しますか？」

従業員の若い女性が元気な声でそう問いかける。

「ミノタウロスの串焼き三本。コンソメスープ、野菜多め。あと水もお願い」

スライムたちの情報収集のおかげでメニューもばっちり把握済み。

故に、見なくてもスラスラと言えるのだ。

「分かりました。お代は八百プルトになります」

「はい」

俺はリュックサックから銅貨八枚を取り出すと、彼女に手渡す。

彼女はそれを受け取り、確認すると、「では、少々お待ちください」と言って、去って行った。

そしてわずか数分後、俺のもとにお盆を持って戻ってきた。

「ミノタウロスの串焼き三本と、野菜多めのコンソメスープ。水になります」

彼女はそう言って、テーブルの上に料理を置いていく。

おー、いい匂いだな。

ますますお腹が減ってきた。

「ありがとうございます」

俺は思わず満面の笑みで礼を言う。

すると、彼女は「か、かわ……いえ、ど、どういたしまして……」と挙動不審になりながら、去っていった。心なしか、頬が赤かったような気がする。

やはり俺のお子様スマイルは凄い威力だな。

……自意識過剰だって？

でも、これが意外とそうでもないんだよ。

まず、俺は普通に美形だ。ガリアとミリアは性格はあれだが、顔はかなり整っている。

そんな二人の血を引いているのだから、当然と言えば当然の話なのだ。

そして、俺は精神年齢が高いので、普段は大人びている。そんな俺が、いきなり子供らしい笑みを浮かべたら、そのギャップから可愛いって思われるんだろうね。

とまぁ、こんな話は置いといて、早速食べるとしよう。

ネムに串焼きを一本あげると、美味しそうに食べる。

そんなネムを横目に、俺も串焼きを頬張る。

「もぐっもぐっもぐっ……ん！　美味《うま》い！」

俺は頬を緩ませると、弾んだ声でそう言う。

ぶっちゃけると、屋敷で食べていたやつよりも美味しく感じる。

やっぱ鮮度って大事なんだな。屋敷の食べ物って、高級食材を遠方から取り寄せていることが多かったから、鮮度が少し落ちていた。

俺は更に頬張る。うん。美味い！

「もぐもぐ……む？」

ふと、俺の席に誰かが近づいてきた。ネムが人の気配を察知し、怖がって机の下に隠れる。

俺は咄嗟に食べるのを止めると、視線を向ける。

すると、そこには一人の男性がいた。

「シン君だったかな。昼間は、ありがとな！」

気さくに声をかけて来たこの男性は……ああ、昼間助けた冒険者だな。

名前はウィルさんだった気がする。

彼の後ろには、パーティーメンバーの三人も来ているのが見える。

内二人はそこそこの重傷だった気がするけど……まぁ、この感じを見るに、治ったのだろう。前世の世界では考えられないことだが、魔法が存在するこの世界なら可能なのだ。

「無事に戻ってこられたようで、何よりです」

俺は当たり障りない言葉を返す。

「ま、逃げに徹すれば、なんとかなるよ」

「もう、死にかけたのに調子よすぎない？　次からは引き時を考えて動きましょう」

「そーだな」

ウィルさんと魔法師の女性はそんなことを言いながら、自然な動作で俺のテーブル席に座る。

おーいおい。遠慮がねーな。

まぁ、それが冒険者なのは理解しているから、別に驚きはしないけど。

「よいしょっと。あ、そういえば名乗ってなかったな。俺の名前はフェイト。あの時は接近しすぎて腹を思いっきりやられて動けなくなっていたんだ。君が来なけりゃ、今頃俺は確実に死んでただろうな」

冗談にならないことを、冗談めかして言う魔法師の男性。

冒険者が命を落とすことは日常茶飯事なので、そのためなのだろうか……俺にはそんな冗談、とてもじゃないが言えないな。

「そうね。あの時はホントにありがとねー。君のおかげで、助かったよー。あ、私の名前はイリスね」

陽キャという言葉がぴったりと当てはまるような槍術師の女性も明るくそう言う。

二人共、死の瀬戸際に立ったのにもかかわらず、凄まじいほど平然としている。

実力は、言ってしまえばまだまだだが、心構えだけは既に一人前と言えるだろう。

「ええ。私なんて、あと少しでオークに捕まってたわよ。今でもあれは怖気《おぞけ》が立つ」

魔法師の女性が、ぶるりと体を震わせる。

オークって、他種族の雌《めす》と交尾して繁殖《はんしょく》するっていう、結構えげつない魔物だからね。

「だから、本当にありがとう」

そう言って、魔法師の女性が頭を下げる。すると、それに倣《なら》って他の三人も頭を下げる。

「そう何度も頭を下げなくていいですよ。ええっと……」

ここで、俺は彼女の名前を呼ぼうとしたが、聞いていないことを思い出して、言葉に詰まる。

彼女はハッとなると、口を開いた。

「ごめん。名乗ってなかったね。私の名前はミリーよ」

「いえ、大丈夫です。ミリーさん。皆さんも、何度も頭を下げなくて結構ですよ。まあ、こちらとしてはちょっと見返りがあった方が嬉しいけどね」

またしても貴族っぽい口調になっていたのに気づき、俺は最後だけ子供っぽい口調にした。

なかなか丁寧な喋り方の癖が抜けないな。気をつけないと。

すると、その言葉で皆、一斉に笑顔になる。

「ああ、分かってるよ。ま、ベタなのは金だよな？」

「いや、こういうのは飯を奢るとかの方がいいんじゃないか？」

「まあ、既に食事は頼んでいるようだから、今日は無理っぽいけどね」

「シン君に何が欲しいのか聞いてみたら？」

四人が口々に言う。

皆仲がいい。ここまで仲がいいということは、パーティーを結成してから、それなりの時間が経過しているのではないだろうか？　いや、幼馴染《おさななじみ》で組んだパーティーという線もある。

村で仲のよかった者同士で冒険者パーティーを組んで成功した例は結構多いと、スライムを通して噂話で聞いたことがある。

「こんなこと言うのはあれだけど、俺はお金が欲しいかな。何せ今は冒険者になったばかりで、金欠なんだ」

俺は遠慮がちに、そう口にする。

手持ちの金はまだ五万プルト以上あるし、一か月は住む場所に困ることもない。

だが、ガヌスさんに依頼しちゃったから、三週間後までに少なくとも八万の貯金は必須なんだよね。それに、ポーションとかも買っておきたいからなぁ……

スライムを総動員させて、貴族や裕福な商人の蔵《くら》からちょっとずつ金を盗る……という方法もあるが、バッチリ法律に違反するため、追い詰められない限りはやりたくないんだよねー。

バレないだろうけど、こうやって楽な方向に走っちゃうのは、嫌なんだよなぁ。

一方、そんな俺の内心など全く知らない彼らは、俺の言葉になるほどと頷く。

「そうか。確かにその腕でFランクなら、冒険者になったばかりというのも納得だな」

「まー、今は治療費払ったせいで金欠だから払えんけど、貯まってきたらやるよ」

ウィルさんとフェイトさんが言う。

おー、ありがたや。ありがたや。

俺は庶民だから、少しでも金が欲しいって思ってしまうタイプなのだよ。

こういう金不足の時には余計にね。

すると、ミリーさんが「あ」と何か思い出したような顔になる。

「シン君って今何歳なの？」

「あー、確かに。小さいから最初は子供かと思ったけど、立ち振る舞いからして、意外と年齢上なんじゃない？」

あー……その疑問はもっとも。

だが、残念（？）ながら、俺の年齢は見た目通りなのだ。

いや、同年代の平均身長よりは高いから、見た目以下と言ってもいい。

「今は九歳だよ」

「「「「九!?」」」」

皆、驚きのあまり声を上げる。

まぁ、そうなるのも無理はない。

九歳って、冒険者の中でも相当若い……というか幼いからね。

最年少ってわけでは全然ないけど。

「いやぁ……驚きすぎだって」

俺は頭を掻きながら言う。

「いや、九歳は予想できないって」

「あれ？　私たち九歳の子供より弱いってこと……？」

「そう、なるな……」

「嘘でしょ……」

皆ショックを受けている。

うん。すまん。

「剣だけの勝負なら、相当厳しいけどな……」

思わず、俺は沈んだ声でぼそりと呟く。

剣だけで勝負するなら、俺はこの四人より劣るだろう。

俺の剣術って、割と【空間転移《ワープ》】を筆頭とした魔法に依存してるところがあるからね。

もう少し肉体が成長すれば絶対に負けないだろうが……いや、《剣士》などの祝福《ギフト》による身体能力強化があるから、絶対とは言えないか。

「きゅきゅきゅ？」

すると、机の下で串焼きを食べていたネムが、串をペイッと皿の上に吐き出すと、俺を慰めるかのようにすり寄ってきた。

「ははは……ありがとう」

乾いた笑いがこみ上げつつも、俺はネムの慰めを受け入れる。

あー……優しいわ……

「あれ？　スライム……？」

「え？　どゆこと？」

ネムを見つけたミリーさんとイリスさんは、混乱したような声を出す。

まー、確かに俺がテイマーだなんて、予想もつかんよな。

「俺はテイマーなんだ。この子は、俺の従魔だよ」

「きゅきゅきゅ！」

俺はネムを撫でながらそう言う。

「マジかよ。あれ？　てことは昼間オークを倒したのってシン君の従魔？」

「うん。この子ではないけどね」

「へ～。いや、にしてもオークを瞬殺できるってどんな魔物なんだ？」

「それは秘密だ」

ウィルさんの問いかけに、俺は人差し指を口に当ててそう言う。

易々《やすやす》と最大の武器を明かすわけにはいかないな。

まあ、明かしたとて、信じないだろうけど。

だって、オークを倒したのがスライムだなんて、普通に考えてありえないって思うだろ？

「それだけ強けりゃ、隠したい手札の一つや二つあってもおかしくないか」

ウィルさんは頭を掻きながらそう言う。

「そうだね。それで、皆は夕食を頼まないの？」

俺はふと、気になることを尋ねた。

すると、皆一斉に「あ……」と口を半開きにさせる。

あ、これ忘れてたな。

俺との会話に夢中になって、忘れてたパターンだな？

「あー、そうだった。すんませーん！　注文お願いしまーす！」

ウィルさんは体を伸ばして手を上げると、大きな声で従業員を呼んだ。

そして、呼び出した従業員に皆が注文をする。

そんな彼らを見て、俺は小さく息をつくと、水をゴクリと飲み干す。

それから、しばらく雑談をしながら、楽しく食事をした。

俺がずっと皆のことをウィルさんとかミリーさんって呼んでいたら、こそばゆいから呼び捨てでいいと言われた。

他にも普段冒険者はどんなことをしているのかとか、この街のオススメの店など、四人は色々な話をしてくれた。

皆が食事を食べ終わり、俺は彼らと別れると、部屋に戻った。そして、鍵をかける。

「は～……ねみ～」

そう言って、俺はバタリとベッドにダイブする。昼寝をしたはずなんだけどなぁ……

「はぁ……寝ようぜ」

そう言って、俺はネムを抱き寄せる。

そして、ぼんやりと様々なことを思い出す。

「……色々あったが、これで俺は自由な平民となった。これから色んなことしようぜ。ネム……皆……」

「きゅきゅ！」

『『『『『『きゅきゅきゅ！』』』』』』

ネム以外の、他のスライムからの声も頭の中で響く。

うん。頑張ろう。

スライムたちの力を総動員すれば、どんな困難が待ち受けてようが、意外となんとかなりそうだ。

◇　◇　◇

シンが冒険者になったあくる日の夜。シュレインの近くにある森、その最深部にて。

「ふぅ。いやー、大変大変」

一人の若い女性がおちゃらけたような口調でそう言った。

そんな彼女の目の前に広がるのは畑。

ここで栽培されているのは——キルの葉だ。

一面に広がっている背の低い植物。その全てが、悪名高いキルの葉なのだ。

しかも、ここで栽培されているのはただのキルの葉ではない。

品種改良が施され、より凶悪なものへと変わっている。

「うん。みーんな、しっかり育っているみたいだね。でも、侯爵君がそろそろヘマしちゃいそうな気がするんだよな〜」

彼女はそう言って、頭を掻く。

(これで資金はだいぶ回収できたし、キルの葉も収獲できた。なら、ここはもう用済みかな?)

彼女はそう、思案する。

仲間への相談——は必要ない。いずれここを壊すことは、既にある会議で決めていたからだ。

そして、その時期の判断は彼女に委《ゆだ》ねられている。

「ふむ……うん。これ、壊しちゃおっと」

無邪気に笑みを浮かべた彼女はパチンと指を鳴らす。

直後、畑の周囲一帯を覆っていた認識《にんしき》阻害《そがい》の魔道具による結界が——消滅した。

「よし。次は……ほれっ！　……と」

彼女は懐《ふところ》から何かが入った包み紙を取り出すと、それに火をつけ、煙を出す。

その後、包み紙を金属製の入れ物に入れ、適当な場所に放り投げる。

これは魔物寄せの香《こう》だ。焚《た》けば魔物が寄ってくる。

「これでよしっと。あのクソ侯爵君もろとも、シュレインは壊れてもらうよ」

彼女はそう言うと、くるりと魔物寄せの香に背を向けた。

そして、ふあぁと欠伸をする。

「かーえろっと。最近寝不足だし～……【かの空間へ送れ】」

直後、彼女はその場から忽然《こつぜん》と姿を消した。


——その数分後。

「……グルルルゥ？」

魔物がガサガサと草木を掻き分け、畑に侵入し始めたのだった。

第四章　森の異変

冒険者になってから、二週間が経った。

だいぶ冒険者生活にも慣れてきたし、収入も安定し始めている。

そして、ここ最近は貯金もできるようになっているっていうね。

でも、まだ安心できない。冒険者にとって、骨折程度の怪我はよくあることだ。

骨折などを確実に直すためには、そこそこ高価なポーションを買うか、治癒院で金を払って治療を頼むしかないんだよ。

治癒院だと銀貨一枚は余裕で取られるし、ポーションにいたってはその倍の銀貨二枚は取られるのだ。

ん？　俺はどうなのかって？

はっはっは。俺が怪我なんてするわけが……ある。

うん。小さな怪我は毎日あるが、その都度【回復《ヒール》】で治しているので、問題はない。

だけど……一回だけ腕を骨折しちゃったんだよね。

その時は、即【空間転移《ワープ》】で街に戻って、治癒院へ行き、治してもらった。

え？　骨折した理由？

ふっ、聞いて驚け。

なんと！　落っこちたんだ！

木の上からダイナミック斬撃《ざんげき》をオークにお見舞いしたら、落下の衝撃を受け流すのをミスって……ボキッてやった。それだけだ。

「……よし。今日は骨折しないように頑張るぞ！」

森の中で、昨日の失敗を思い浮かべてしまった俺は、グッと腕に力を入れると、そう意気込む。

「きゅきゅきゅ！」

ネムが声援をくれた。

うん。頑張るよ。絶対に、二度と……は無理だろうけど、なるべく骨折しないように気をつけるよ。

「さて……魔物はどこかな……？」

俺はいつものように片目だけを他のスライムの視界に移して、魔物を探す。

ここ最近、使用頻度がめちゃくちゃ高いから、だいぶ練度が上がった気がするな、これも。

やはり屋敷での練習よりも、魔物がいつ出てくるか分からない森の中でやった方が集中するから、練度が上がりやすいのかな？

「ふ～む……お、発見！」

わずか数秒で魔物を発見した俺はそこへ向かって走り出す。

「……ふぅ……どうだ……？」

木の陰に身を潜めた俺は、スライムの視界で周囲を見張りながら、もう片方の目でチラリと前方を見やる。

すると、そこにはゴブリンの集団がいた。数は……七匹だ。

「よし……やるか」

そう呟くと同時に、俺は木の陰から飛び出すと、ゴブリンたちを急襲する。

「はっ！　はあっ！」

剣を振り、一瞬で三匹のゴブリンを倒す。

なんだかんだ言って、この二週間で一番成長したのは剣術のような気がするな。

「ギャギャ！」

「はあっ！」

だって、俺は屋敷にいた時はずっと一人で鍛錬していたから。

理由は勿論、相手がいないから。

あの屋敷で、俺の相手になってくれる奴なんて――いなかった。

「はあっ！」

当たり前だが、相手がいなければあまり成長できない。

だから俺は、型《かた》の練習をしまくった。

屋敷にいる内は、強くなることよりも、どう動けばいいのかを体に叩き込む。

「はあっ！」

「ギャァ！」

そして、屋敷を出たあとに実戦をしまくって、それを完全なものにする。

それが、俺の考えだった。

「はああっ！」

「ギャアアァ！」

どうやらその考えは正しかったようだ。

というわけで無事、ゴブリンの討伐は完了だな。

「ふぅ。来てくれ」

討伐し終えた俺は、即座にスライムたちを召喚する。

そして、そこそこ強めの溶解液を持つ変異種スライムに左胸周辺を溶かしてもらう。

その後、普通のスライムが魔石を引っ張り出し、綺麗にしてから、革袋の中に入れてくれる。

「うん。ありがとう」

俺はゴブリンの右耳を手際よく切り取りながら、献身的なスライムたちに礼を言う。

ちなみに、スライムたちへの報酬は、ゴブリンの死体だ。

この子たち、なんでも食べるからね。

「よっこらせっと」

俺は革袋をリュックサックに詰め、立ち上がると、剣に付着した血を振り払った。

「これでよしっと。それじゃ、次の場所に行くか」

そう呟くと、俺は再び片目の視覚を移した。

「ん～……もうちょっと奥の魔物と戦ってみようかな？」

初日にオーク八匹と戦ったが、あれ以降は安全を考えて、基本的にゴブリンしか倒していない。

オークと戦うこともあるけど、その場合はオークが一、二匹しかいない時を狙って倒していた。

最初はそれでもだいぶ手ごたえがあったんだけど……なんか、気づいたら物足りなくなってきていた。

ということで、俺はこれから強めの魔物が多い奥の方に行ってみようと思う。

強いと言っても、せいぜいオークの群れやミノタウロスといった、EやDランク程度の魔物なんだけどね。

「よし。やってみるか」

俺はぐっと拳を握りしめて、気合を入れる。

うん。だが、引き時はちゃんと考えよう。

鍛錬の一環であるため、基本的には剣のみで戦うが、マズいと思ったら即座にスライムを召喚して、自身は逃げに徹するという、超絶嫌がらせな方法で倒してやる！

そう決めた俺は、早速奥の方にいるスライムの視覚に移る。

「……ん？」

危険がある時以外は、俺が視覚を移した時は周囲の状況が見える位置に立つよう、スライムに言ってある。

だが、このスライムは……土の中？

「危険なのか。なら、他のは……」

俺は別のスライムの視覚に移る。

だがそっちは、今度は草むらの中に隠れていた。

スライムに興味を示す魔物なんてそうそういないのになぁ……

離れた場所で飛んでいる蚊を、わざわざ殺しに行かない。

だが、近くにいたり、煩《わずら》わしかったりしたら殺す。それと同じだ。

てことは、余程近い位置に魔物がいるってことなのかな……？

じゃあ次はと他のスライムに移っても、また別のスライムに移っても、同じだった。

俺は不気味さを感じながらも、視覚を移し続け、やがてあることに気づく。

「奥に何かがいる？」

ここから東三キロメートルほどを境に、スライムが危険を察知して隠れている。

「……慎重に、ゆっくりと周囲を見てくれ」

俺はその境目周辺の草むらに隠れていたスライムに指示を出す。

すると、その言葉に応じて、スライムがゆっくりと動き出す。

そして、草むらの外に出た。

「……なんだ、あれは……！」

俺は目を見開きながら言う。

そこにはオークの群れがいた。だが、様子がおかしい。

「グガアアア！！！」

「ガアアアァ！」

まるで、タガが外れてしまったかのように暴れ回っていたのだ。

その近くには、惨殺された生物の死体。わずかに見える特徴から、かろうじてその死体がゴブリンのものだということが分かる。

「……どういうことだ⁉」

直後、オークの一匹と目が合う。

「グガアアァ！！！」

そのオークは俺と――スライムと視線が合うや否や、目を真っ赤に充血させながら、本来の速度よりも速く迫る。

そして、棍棒が振り下ろされ――

「危ねっ」

俺の手のひらには、一匹のスライムがいた。プルプルと震えている。

あと一秒、召喚するのが遅かったら、この子は殺されていただろうな……

「はぁ……にしてもこの森の奥で、一体何が起こっているっていうんだ……！」

明らかに様子がおかしい。

そう思った俺は、このことを冒険者ギルドへ報告することに決めた。

「こういうのはさっさと報告しないと、ヤバいことになりそうだからな……急ぐか」

俺はシュレインに向かって走り出した。

そして十数分後、シュレインに戻った俺は、真っ直ぐ冒険者ギルドへと向かった。

建物の中に入り、受付に向かって歩き始める……が、異変を感じ、立ち止まる。

「なんか騒がしいな。人も多い」

普段なら、この時間帯はもっと空いているはずだ。

ふと、ここで先ほどの光景が頭をよぎる。

俺は聞き耳を立て、周囲の様子を窺《うかが》ってみた。

「なあ、聞いたか？　シュレインの近くの森で異変が起きてるってよ」

「ああ、聞いた聞いた。今日森の奥に行った冒険者が、命からがら戻ってきたらしい」

「そうそう。それで、なんか暴走してる魔物の集団が出たとか？」

「変異種なのか？」

「変異種の集団とか、マジでごめんだな」

「ま、そういうのはダンジョンに潜る高ランク冒険者様が、なんとかしてくれるだろ？」

「だな〜」

どうやら、あの異変は既に報告されていたようだ。

「それなら、調査隊が派遣されたりするのかな？」

一人の男がそんなことを言う。

とりあえずこれなら大丈夫そうだ。

俺は受付へと向かい、報酬を受け取る。

すぐに森を出たから、あまりもらえなかったが……仕方ない。

不測の事態のために金は貯めてあるのだ。一日二日ぐらいこういうことがあっても、特に問題はない。

「さてと。あとは魔石も売らないと」

そう言って、俺は受付から離れると、そのまま冒険者ギルドの外に出るのであった。

◇　◇　◇

侯爵家の執務室にて、ガリアは重苦しい雰囲気の中、口を開く。

「間違いでは、ないんだな？」

その言葉には威圧感がある。そして怒りと、微《かす》かな恐れが見えた。

そんなガリアの前に立つ従者の男が、重い口を開く。

「……はい。『庭』を隠していたはずの魔道具が機能停止し、あろうことかそこへ魔物が侵入していました。そして、キルの葉を食べ、暴走しています」

「くっ……クソがっ……それで、取引相手は何をしているんだ？」

ガリアは悪態をつきつつも、すぐに侯爵らしく冷静にそう問いかける。

「はっ、それが……連絡が取れません。恐らく、殺されたのかと。『庭』に彼女のローブが落ちているのを目撃したので……」

「ちっ、使えん。だが、それなら栽培の罪を全てそいつに被ってもらうとしよう」

そう言って、ガリアはニヤリと笑う。

(この取引、結果だけ見れば大成功もいいところだ。リスクはあったが、大きな利益を得て、最終的にその利益を持ち逃げできるのだから)

「ああ、最高だ。本当に……！」

ガリアは歓喜に満ちた表情でそう言うと、いつものようにキルの葉を吸った。

一方、従者の男は怪訝《けげん》な目でガリアを見ると、恐る恐るといった様子で口を開く。

「あ、あの……取引に関する――」

取引に関係する証拠は、全て処分した方がいいのではないか。

そう言い切るよりも前に、ガリアが不機嫌そうに口を開く。

「水を差すなよ。いいから、お前はさっさと下がれ。何かありそうなら、その都度、私が直々に対処する」

「そ、それなら大丈夫そうですね。では、失礼しました」

ガリアの言葉に、男は安心したように息を吐くと、執務室から出て行った。

◇　◇　◇

魔石を売って金をもらった俺は、適当に昼飯を食べると、宿に戻った。

また森に行こうかとも思ったが、今は危険そうなのでやめにした。

ここ最近は頑張ったし、たまには休息も必要だろう。

そう思い、俺は部屋に入ると、そのままベッドに倒れ込む。

「あ～、だらけるのは最高だ～」

昼間からゴロゴロと怠惰《たいだ》に過ごすのも、悪くない。

ただ、あんまりこの生活に慣れすぎちゃうと、普段の生活に戻れなくなっちゃうから、ほどよくグータラするのを心がけるとしよう。

「ふわぁ～……」

「きゅ～」

俺はネムを胸に抱いて撫でながら、ゴロゴロとベッドで転がる。

あ～、最高だ。

「ううん……にしても、今はどうなってるんだろう？」

ふと、森の状況が気になった俺は、視覚を森のスライムに移す。

だが、やっぱり危険なようで、隠れて……ん？

「ここ、さっきまでは大丈夫だったよな？」

さっき森にいた時、このスライムは身を潜めていなかった。だが、今は必死に隠れている。

俺は無理を言って、そのスライムに様子を見てもらうことにした。

そろりそろりと、木の陰から顔を覗かせる。

すると、そこにはオークがいた。さっき見た奴と同じように、動きからして凶暴そうだ。

目も血走ってるし……！

「グルアァァ‼」

オークの集団は、まるでストレスを発散するかのように、棍棒を乱暴に振り回しながら、移動していた。

そんな奴らが移動する先にあるのは——シュレインだ。

「うわぁ……マジかよ」

俺は思わず顔を引きつらせる。

いや、でもこいつらだけだったら、街の冒険者たちで対処できるよな？

まあ、こいつらだけならの話だが……

「うわぁ……後ろからも来てる……」

今通過したオークの集団のすぐ後ろから、また別のオークの集団が姿を現した。

当然のようにこいつらも暴走している。

「ひとまず、何匹いるか、大雑把にでも調べてみるか」

そう呟くと、俺はそのスライムに隠れるよう命じ、他のスライムの視覚に移る。

そして様子を見てもらい、ヤバそうになったら即座にそのスライムを俺のもとに召喚する。

それをひたすらに続けた結果、信じ難い事実が発覚した。

「ちょっと……数が多すぎやしませんかねぇ……」

そう。大まかに数えてみたら、最低でも五百匹以上の暴走した魔物がいたのだ。

最低でも……なので、実際はこれよりも多いと予想される。だが、これだけではない。

真に驚くべきなのは、その発生源だ。

「なんだ……これは……！」

そこにあったのは、荒れた畑だった。状況からして、魔物に荒らされたのだろう。

こんな場所に畑があることがまずおかしいのだが、そこら中に落ちていた葉を見て、俺は冷や汗をかく。

「これ……どっからどう見てもキルの葉だよな……？」

悪名高いキルの葉。それがこんなところで栽培されているなんて……一体誰が？

個人的に俺が怪しいと思うのはここの領主、ガリアだ。

俺は侯爵家で暮らしていたから知っているが、領内は定期的に魔法師団員が巡回しており、担当区域と人員は定期的に変わる。

もし認識阻害系の魔道具を使って隠していたとしても、エリーさんなどの手練れの魔法師は違和感に気がつくだろう。

そして、その担当区域と人員を選んでいるのが、他でもないガリアなのだ。

あいつが関わっているのなら、誰にもバレることなく、ここに畑を作ることができる。

逆に、あいつにバレずにこの規模の畑を作るなんて、正直言って不可能に近い。

「はぁ……それにしても、あの異常事態はそういうわけか。キルの葉を直接口にすれば、魔物が凶暴化してもおかしくないな」

キルの葉について詳しくは知らないが、吸うだけで精神に異常をきたすのだから、そのまま食べたらマズいことになるのは、容易に想像できる。

「くっ、こりゃ冒険者ギルドに知らせないと」

こんな子供の言うことを信じてもらえるかやや不安だが、これでも俺は、一応期待の新人として扱われている。

冒険者四人を助けたり、酒場で絡んできた冒険者を気絶させたりした件が広まったようだ。

だがあくまでもそこそこなので、めちゃくちゃ注目されてる！　ってわけじゃない。

まぁ、ギルドマスターも妙に俺のことを気にかけているし、なんとか信じてもらえるだろう。

「じゃ、行くか」

夕飯までずっとゴロゴロしたかったんだけどなぁと思いながらも、俺はネムと共に冒険者ギルドへと向かうのであった。


冒険者ギルドに着いた俺は、真っ直ぐ受付へと向かう。

そして、話し慣れている受付の女性——サリナさんに声をかけた。

「森の異変に関する情報を手に入れたから報告に来たんだ」

「そうなの!?　……分かった。それで、どんな情報が手に入ったの？」

サリナさんは一瞬目を見開くも、すぐに用紙を取り出し、ペンを構える。

「それが……人目につく場所では言わない方がいいかなって……」

俺は真剣な顔つきでそう言う。

森の中にキルの葉の畑がありましたなんてここで言うのは流石にマズい。

もし、犯人が冒険者ギルドにいたら、最悪俺は口封じされる。それはマジでごめんだ。

しかも、犯人候補がガリアと繋がりがある者であるならばなおさらだ。

「そう……」

そんな俺の顔を、サリナさんは真剣な表情で見ると、顎に手を当てて、考え込む。

「ん……ギルドマスターに相談してくるね。シン君の持ってきた情報が、的外れであるとは思えないし」

サリナさんはそう言って、受付の奥に走って行った。

それからすぐ——

サリナさんが戻ってきた。

「シン君。ギルドマスターが話を聞きたいとのことです。奥にあるギルドマスターの部屋に行ってくれないかな？」

「分かった」

まさかギルドマスターに直接報告することになるとは思わなかった。

若干驚きつつも、俺は受付に入ると、そのまま奥へと向かう。

そして、部屋の前で立ち止まった。

「よし……」

貴族生活で慣れているとはいえ、それでもお偉いさんと話すのは緊張する。

ここのギルドマスターって、元Sランク冒険者なだけあって、この街だけじゃなく、国内全体での発言力も強いらしいから余計にね。

俺はゴクリと唾を呑み込むと、コンコンとドアをノックする。

直後、ドアの向こうから「入ってくれ」と優しげな声が聞こえてきた。

まだ十歳にもならない、子供の俺を気遣ってのものだろう。

「失礼します」

そう言って、俺はドアを開けた。

部屋は、屋敷で見たガリアの執務室とよく似ている。

違う点をあげるとするならば、背の低いテーブル越しに、対面するように置かれたソファが部屋の中央にあることだろうか。

「よく来てくれたな、シン君。ソファに座るといい」

ジニアスさんは笑みを作りながらそう言うと、自身も執務机から、ソファへと移動する。

「わ、分かりました」

子供らしさを出しつつ頷くと、俺はトテトテと歩いて、ジニアスさんと対面する位置に座る。

そして、ネムを膝の上に乗せた。

すると、ジニアスさんが口を開く。

「ここなら誰にも聞かれる心配はないだろう。それで、シン君はどんな情報を得たんだ？」

「はい。その前にこれを――」

俺は手のひらの上にスライムを召喚する。

そのスライムの手（？）には、先ほど森で見た畑で拾ったキルの葉が握られていた。

生き物じゃなければ、こうやってスライムに持ってこさせることができるんだよね。

ただし、小さいものに限る。

「ほう、随分と正確だな。それで、スライムが持っているものは……？」

俺がスライムを正確に手のひらの上に召喚したことに驚きつつ、ジニアスさんはキルの葉を指差す。

「よく確認してみてください。ジニアスさんなら分かるはずです。森の中で見つけました」

そう言って、俺はジニアスさんにスライムから受け取ったキルの葉を手渡す。

ジニアスさんは受け取ったキルの葉をじっと見つめ……やがて、険しい顔となった。

「おいおい。マジかよ……こりゃ、キルの葉じゃねぇか。これを本当に森で見つけたのか？　だとしたらマズいぞ」

ジニアスさんはキルの葉をテーブルの上にそっと置くと、頭を抱えてそう言った。

この反応を見る限り、ジニアスさんはこの件には関与していないようだ。

まぁ、彼についても色々と調べたことがあって、悪事に加担するような人ではないと思っていたけどね。

「はい。森の奥にそれを栽培するための畑がありました。それもかなりの規模です。そして、今魔物によって荒らされています」

「ちっ、あの森の奥に行く冒険者はあまりいないからな。認識阻害系の魔道具で隠されていたのだとすれば、今まで見つからなかったのも頷ける……」

ジニアスさんは険しい顔をしたまま舌打ちすると、顎に手を当てて、唸り出す。

おーい。それ、普通の九歳の子供の前でやったら怖がられるぞ～！

「うむ……情報提供ありがとな。今回の魔物の件の元凶はこのキルの葉だろう。至急、高ランク冒険者を呼び、対処を急ぐ――」

ドンドン！

ジニアスさんがそう言いかけたところで、部屋のドアが強く叩かれた。

何やら緊急事態の予感がする。

「入れ！　どうした！」

ジニアスさんはすぐにそう命令した。すると、一人の女性が入ってくる。

「あの――先ほど、調査に向かった冒険者が帰ってきたのですが、例の暴走した魔物がシュレインへ凄まじい勢いで向かっており、あと少しでこの街に到達すると――最低四百匹はいるようです」

「「何!?」」

女性の言葉に、ジニアスさんと俺は目を見開く。

ちっ、こんなに早く魔物が到達するとは予想外だったな。

キルの葉の話をするより先に、魔物がシュレインに向かっていることをジニアスさんに伝えた方がよかったか？

俺は慌てて森にいるスライムに視覚を移す。

ドドド――

大きな足音が聞こえる。

「グガアア！！！」

「グガアアア！！！！」

さっき俺が見た時より速いスピードで移動している。

マジかよ。もしかして調査に行っていた冒険者が何か刺激してしまったのか？

いや、理由はともあれ、マズいな。

ここに到着するまであと十五分ってところだ。

「くっ、分かった。至急、冒険者を集めてくれ！」

「はい！」

女性は声を張り上げて頷くと、急ぎ足で受付の方へと戻って行った。

「今、俺の従魔を通じて森の様子を見ました。このままではあと十五分でシュレインに到着します」

俺は、今知った情報をジニアスさんに伝える。

「流石だな。感謝する。では、俺も冒険者を集めるとしよう。先に失礼する」

そう言って、ジニアスさんも足早に出て行ってしまった。

「俺も行くか」

そう呟くと、俺も部屋の外に出た。

受付から出てみると、そこは随分と騒々しかった。

まあ、そうだよな。ここにいるのって大体がDランク以下の冒険者だし。

場慣れしていて、冷静でいられるような高ランク冒険者の多くは、実入りのいいダンジョンに行ってるからな。

流石に十五分で、ダンジョン内にいる冒険者を呼び戻すことは不可能なので、ここにいる冒険者でなんとかするしかない。

見たところ高ランク冒険者もちらほらいるので、なんとかなる……とは思う。

でも、もし俺が協力しないでこの街が壊される……なんてことになったら、これからの活動拠点がなくなるから超困る。

「うーん……俺も手を貸したいけど、連携取るの苦手だからなぁ……」

俺は頭を掻きながらそう言う。

普段の俺の戦い方は、連携なんて知ったこっちゃないというような戦い方なのだ。

当然、スライムを使った戦い方も、連携には不向き……いや、超不向きだ。

何せ、味方を巻き込みかねない。

というわけで、魔物が森の中にいる内に、俺が数を減らしてしまうとしよう。

ただ、一つ問題があって……

「これ、実戦で使ったことないんだよなぁ……」

そう。今俺がやろうとしている手は大規模すぎるが故に、使ったことがないのだ。

そのため、不確定要素もいくつかある。

「でも、やってみないことには分からないしな」

不謹慎な言い方になってしまうが、これはいい実験だ。

この結果次第で、今後の戦術が変わってくる。

「行くか」

そう呟くと、俺は冒険者ギルドの外へ出た。

そして、スライムの視覚で人がいないことを確認してから路地裏に入る。

宿に帰る時間はないし、【空間転移《ワープ》】で無駄に魔力を使いたくないからな。

俺は不本意ながらもこの場で、森にいるスライムと視覚を共有した。

普通の通りだと、人が多くて集中できないからね。

「……よし。ここら辺にはまだ来ていないな。では――【魔力よ。この空間に干渉せよ】」

俺は視覚を移した計百八十二匹のスライム全てで【空間把握《スペーシャル》】を発動する。

なかなか魔力を使うのだが……【空間把握《スペーシャル》】が初歩中の初歩の魔法ということもあってか、なんとか行使することができた。

「うん……いい感じだな」

俺は満足して頷く。

そう。こうすることで、俺は森の一部——四百メートル×千メートルの範囲、全ての情報を細部に至るまで知ることができるのだ。

もっと範囲を広げたいが、これが今の俺の能力でできる最大限の範囲。

だが、それらの情報全てを理解するのには、思考速度が足りなすぎる。

そこで、俺は次の呪文を唱えた。

「【魔力よ。我が思考を加速させよ】」

そうして発動したのは、闇属性魔法——【思考加速《マインドアクセル》】。これにより、自身の思考速度が本来の十倍ほどにまでぶち上がる。

闇属性と光属性の魔法はあまり得意ではないのだが、便利そうなものはかなり修練して、それなりに使えるようにしてあるんだ。

こういう魔法を使えるんだったら、今までも使ったらよかったんじゃないかとも思うが……これ、そこそこ魔力を使うんだよ。

元々【思考加速《マインドアクセル》】って、適性率四十パーセントの俺が使えるようなものじゃない。

じゃあ何故使えるのかっていうと、そりゃ修練しまくったっていうのもあるが、一番の理由は本来この魔法を使うのに必要な量よりも多くの魔力を使っているからだ。

魔力を沢山使えば、無理やりだが使える。

だが、俺の魔力容量はそこまで多くない。だから、あまり使いたくはなかったんだ。

「さて……この範囲内に奴らが入ったら……あれをやるか」

ポツリとそう呟き、俺は待つ。

……と思った瞬間、その領域に魔物が入ってきたのを感じた。

いやー、ナイスタイミング。

それじゃ、やるか。

「【空間把握《スペーシャル》】を発動しているスライム以外——そう。森に来てくれ」

俺はスライム越しに、他のスライムを召喚した。その数——およそ三十万。

召喚は、自身から半径五メートル以内の場所にしか呼び出せないという制約がある。

しかし、スライム越しに使うと、視覚共有しているスライムから半径五メートル以内の場所に呼び出すことができる。

そして、俺とは距離が離れている場所への召喚も可能になる。

三十万のスライムが、たった四百メートル×千メートルの空間にいる光景はなかなか圧倒されるなぁ……

て、こうしている場合じゃない！

殺されそうになっているスライムを【空間把握《スペーシャル》】で把握した俺は、そのスライムたちを後方のスライムのところへ召喚する。

「さあ――やれ！　奴らを溶かせ！」

そして、俺はスライムたちを一斉に魔物に襲いかからせた。

当然魔物たちもスライムへ襲いかかるが――

「グアァ!!」

暴走したオークがめちゃくちゃに棍棒を振るう。

その軌道上にはスライムがいたが、棍棒が当たりそうになった瞬間、ふっと消える。

「グアアアア！！！」

また、あるオークはスライムを踏み潰そうとする。だが、踏み潰そうとした瞬間、これまた、ふっと消えた。

俺がスライムたちを後方に召喚する度、オークたちは困惑した表情を浮かべる。

そして、オークの上に飛び乗ったスライムたちが、体を溶かしにかかる。

攻撃用の濃度が高い溶解液を出してはいるものの、そのほとんどがただのスライムであるため、なかなか溶けない。

だが、塵《ちり》も積もれば山となると言うように、小さな力でも、大量に集まれば強大な力になるのだ。


数分後――

「グガアアァ！！！」

溶解液を大量に浴び、魔物どもは苦悶の声を上げて苦しむ。

そして、一体のオークが地に伏せた。

他の場所でも、それと同様のことが起きている。

一方、俺はというと、加速した思考を存分に使って、スライムたちを守っていた。

「逃げろ！　逃げろ！　逃げろ！　退《ひ》け！　退け！　退け！」

傍から見れば、撤退を促す将軍のようだが、奴らの攻撃が当たりそうになったスライムを後方に退避させているだけなのだ。

しかし流石にこれは【思考加速《マインドアクセル》】を使っていてもギリギリだ。

いつ犠牲が出てもおかしくない。

というか、気づいていないだけで、既に犠牲が出ているのかもしれない。

だがそれでも、俺はただひたすらにスライムたちを守り続ける。

正直、多少の犠牲ならすぐに補充はできるが、使い捨てるような真似はしたくないんだ。

だって――

「仲間だからな……ッ！」

そう言って、俺はその後も引き続き、戦うスライムたちを守り続けるのであった。


そして――

「はぁ　はぁ　はぁ……疲れた……」

片手で頭を押さえながら、俺は片膝をつく。

もう、集中力の限界だ。きつい。きつすぎる。

だが――

「倒したぞ……！」

スライムたちの視界には、地面に倒れ伏す魔物たちの姿があった。生きている奴は一匹もいない。

この戦いは、俺の――俺たちの勝利だ。

俺の【空間把握《スペーシャル》】の領域外にいた奴らは街の方に行かせてしまったが、それぐらいなら他の冒険者たちでも容易く対処できるだろう。

「きゅきゅきゅ！」

ふと左目の視覚を自身のものに戻してみると、ネムがまるで介抱するかのように、俺の体を支えていた。

スライム故に、全然支えられていないが……その心遣いはめちゃくちゃ嬉しい。

それは、俺の心をがっしりと支えてくれている。

「ありがとな」

そう言って、俺はネムを撫でると、そのまま地面に大の字になって寝転がった。

そして、森にいるスライムたちを解散させると、呪文を紡ぐ。

「【魔力よ。空間へ干渉せよ。空間と空間を繋げ。我が身をかの空間へ送れ】」

俺はなけなしの魔力で【空間転移《ワープ》】を使うと、ネムと共に、宿のベッドに転移した。

そして――俺は意識を失った。

◇　◇　◇

シンが戦いを始めてから、少し経った頃。

幾人もの冒険者たちが、森のすぐ近くで待機していた。

そこにいる冒険者の内、半分以上がDランク以下だ。だが、一部Cランク、そしてBやAランクも数人いた。

「さーてと。あれ？　シンは来ねぇのかな？」

ウィルは辺りをキョロキョロと見回しながらそう言う。

そんなウィルを見て、ミリーはため息をつく。

「忘れているようだけど、あの子はまだFランクよ。普通に考えて、ギルドがこの戦いに参加させると思う？」

「そうだった。そうだった。確かにな。てことは、後方支援か」

ウィルは頭を掻きながらおどけてみせる。

ミリーは呆れながら、森の方に視線を移す。

ギルドマスター曰く、オークやミノタウロスといった森の奥に棲む魔物たちが、異様なほどに暴走して、ここシュレインに向かってきているらしい。

そして、調査に向かった冒険者は、凶暴化した魔物によって、ゴブリンの集団が原形が分からなくなるぐらい無惨に殺されるところを目撃したらしい。

異なる種族の魔物同士が争うことはあるが、原形が分からなくなるまでめちゃくちゃに殺すことはまずない。

そんな魔物が一気に四百匹以上も現れる。それはあまりにも——異常だった。

ミリーは得体の知れない恐怖を感じ、思わず体をぶるりと震わせる。

しかし、冒険者としての矜持《きょうじ》ですぐに持ち直すと、仲間に視線を向ける。

「は～あ。それで、あとどれくらいで来るのかな？　ギルドマスターの情報だと、そろそろ来てもおかしくないだろ？」

フェイトが言う。

「分からないけど……まぁ近づいてきたら索敵《さくてき》の能力を持っている他の冒険者が気づくんじゃないの？」

槍を肩に担ぎながら、イリスはフェイトの言葉にそんな答えを返す。

「だなー……ん？　なんか雰囲気変わったな」

ウィルが険しい顔で呟く。

彼らの周りの冒険者——というよりは、高ランク冒険者たちの雰囲気が一気に変わる。

その様子を敏感に感じ取ったウィルたち四人も、一気に気を引き締める。

「そろそろか……？」

ウィルは剣を抜いて構える。

「だな。俺には分からんが……あー、でもなんとなく、森が騒がしいような……？」

「確かにそんな気がするわね」

フェイトとイリスがそんなことを言う。

実際、草木をかき分ける音が森から聞こえてきている。

ミリーは黙って魔法の準備をする。

それからすぐ――

「戦闘態勢に入れ！　もうすぐ来るぞ！」

Bランク冒険者の一人が、皆に聞こえる声で叫ぶ。

「グガアアアァ！！！」

「ガアアァ！！！」

咆哮《ほうこう》を上げながら、多くの魔物が森から飛び出してきた。

それに合わせ、Aランク冒険者が地面に杖を突き立てる。

その地面には、特殊な魔法溶液によって魔法陣が描かれており、一度だけ詠唱なしで魔法を行使できるのだ。

こうして魔法陣を描く方法は儀式魔法と呼ばれ、珍しい魔法を発動したり、普通の魔法の出力を高めたりすることができる。

ザン！

大きな緑の魔法陣が一閃《いっせん》し――巨大な風の斬撃が放たれ、森から出てきた数十匹のオークやミノタウロスを、森の木々ごと斬り裂いた。

【斬風の大鎌《ウインド・デスサイズ》】という風属性の上級魔法の一つだ。

それに続いて他の冒険者も、あらかじめ詠唱をして準備していた魔法を放つ。

風が吹き荒れ、閃光が輝き、氷の槍が飛ぶ。

それにより、更に数十匹の魔物が息絶える。

魔物はキルの葉によって暴走し、自分が死ぬまで敵を攻撃し続ける修羅《しゅら》と化している。

故に本来よりもずっと厄介だ。

だが、肉体が強化されているわけではなく、あくまでそこは普通のオークやミノタウロスであった。

おかげで遠方から難なく撃破できている。

しかし、撃ち漏らしもあり、何匹かは魔法の弾幕を避け、冒険者たちに近づいていた。

「はあっ！」

「おらぁ！」

ある者は剣を、ある者は斧を振り、近づいてきた魔物どもを片っ端から倒していく。

脳のリミッターが外れているのか、いつもより魔物たちの攻撃は強くなっている——が知恵はなく、ただ本能に身を任せた攻撃しかしてこない。

「はあっ‼　……ん？　終わったか……？」

森から魔物が出てこなくなり、ウィルは手を止めてそう呟く。

「終わった……のかしら？」

ミリーは訝しげに森の方をじっと見つめる。

確かに数は多かったが、報告よりはずっと少ない。多分、二百匹もいなかったはずだ。

報告では四百匹以上。

もしや、森の中にまだいるのだろうか？

それとも、調査隊がただ報告を誤っただけなのか。

（いや、それはないわね。多少の誤差はあるだろうけど、ここまで数が違うのはありえない）

ミリーは首を傾げながら考える。

他の冒険者――特に高ランク冒険者もミリーと同じ意見のようで、未だ警戒を続けていた。

Dランク以下の冒険者も、そんな彼らに倣い、気を引き締めている。

だが、一向に森からは何も出てこない。気配も、音も、感じられない。

やがて、Aランク冒険者が、ふっと警戒を解く。

「どうやら、これで終わりのようだ。至急、ギルドマスターに報告を。だが、一部はもうしばらくここに残るぞ」

Aランク冒険者の指示に、他の冒険者たちから異論は一切出てこない。

とはいえ皆一斉に気を緩め、完勝したことを喜び合う。

ウィルたちも、これに関する特別報酬がもらえることを考え、思わず頬を緩ませる。

こういった緊急の依頼は、総じて報酬額が高い。

祝勝会でもしようかと、フェイトとイリスも浮かれている。

そんな彼らを見て、ミリーは小さくため息をつくが——その口元は微かに緩んでいた。

警戒をしばらく続けたあと、やがてギルドマスターであるジニアスの命令で、一旦解散となった。

◇◇◇

「あ、もう全滅しちゃったんだ」

一人の女性が、離れた場所から勝利に喜ぶ冒険者たちを見て、意外そうに言った。

彼女の予想では、もっと多くの魔物が街を襲うはずだったのだが……

「うーん。まぁ、初めての試みだったし、そう上手くはいかないか」

呑気に体を伸ばしながら、彼女はあっけらかんと言う。

彼女が所属する組織にとっては、別にこれが成功しようが失敗しようがあまり意味はない。

(あの計画さえ成功すれば、別に問題はないからね。魔物を凶暴化させて人を襲わせたのは、その時間稼ぎにでもなるかと思っただけ)

「ふふふ……さあてと。一応報告しなくちゃ」

そう言って、彼女はくるりと背を向ける。

「祝福《ギフト》なき理想郷のために——」

そして、彼女はふっと消えた。

◇　◇　◇

凶暴化した魔物を殲滅してから数十分後。

ジニアス自らがA、Bランク冒険者で固めた調査隊を組んで、森を調査することになった。

「ジニアスさん。本当にこっちに来てよかったんですか？　ギルドマスターとしての仕事、結構あると思うんですけど」

槍術師の男が、先頭を歩くジニアスにそう話しかける。

「そりゃ、沢山ある。今回の報告書も書かんといかんしな。だがどうしても、この目で見なくてはならないんだよ」

ジニアスは真剣な顔つきで言う。

そんなジニアスの両手には、白金《しろがね》の籠手があった。

それは、ジニアスが冒険者だった時に使っていた武器。

これを両手に装着して、魔物を豪快に殴打するのがジニアスの唯一にして最強の戦い方なのだ。

「確かにあの魔物はどっからどう見ても異常でしたからね。王種《ロード》系《けい》の魔物が後ろから指揮してたとか？」

魔法師の女性がふと、そんなことを言う。

王種とは、自身と同じ種族の魔物を支配する能力を持った魔物だ。

オークの王種が配下のオークに命令すれば、あのようになることもある。

だが、それでは一つの矛盾が生じる。

「王種がいるような気配が一切ないだろ？　王種の気配が掴めないなんてありえない。ま、何が原因なのかは、ぶっちゃけ分かっているんだ」

「「「え!?」」」

ジニアスの一言に、その場にいた全員が驚愕する。

ジニアスはそんな彼らを落ち着かせると、言葉を続ける。

「とある優秀なテイマーが見つけてくれたんだよ。それがなんなのかは、この先に行けば分か……ん？」

ジニアスは言葉を切ると、眉をひそめて前方を見る。

冒険者たちも一拍遅れて、その異変に気づく。

「あれ……魔物の死体だよな……？」

「随分数が多い……いや、多すぎないか？」

調査隊の二人が言う。

だんだんとその場所へと近づいていき——

「……これ全部、さっきの凶暴化した魔物だよな？」

魔法師の男性の言葉に、皆小さく頷く。

局所的な災害でも起こったかのように見える場所と、そこに倒れ伏す無数の魔物たち。その数は、ゆうに二百を超えるだろう。

「……もしかして、暴走したことにより、互いに殺し合った……のか？」

ジニアスがポツリと呟いたその言葉に、調査隊の冒険者は「ああ……」と納得したような声を出す。

「確かに。それなら納得」

「おかげで楽に勝てたんだから、よかったよかった」

冒険者たちはそう言いながら、その場を通り過ぎる——が、途中で気づき始める。

「……なぁ、こいつらの死因ってなんなんだ？」

ぽつりと魔法師の男性が呟く。

「何って、撲殺……あれ？」

「よく見たら、この死体おかしいぞ」

「……ああ」

転がっている魔物たちの死因はどれも殴打や斬撃によるものではなかった。

全身を溶かされた……といった感じだ。

そして、脳天や目、鼻などにぽっかりと穴が開いている。

「ちょ、不気味すぎるんだが……」

「こいつらを倒したのは人？　……ではないよな……？」

冒険者として、かなりの経験を積んでいる彼らでさえ、どんな攻撃がされたのかが全く分からず、混乱する。

ジニアスも、顎に手を当てながら、難しい顔をするが、やがて口を開く。

「それを考えるのはあとでいい。今はこの奥に行くことが最優先だ」

そして、彼らは再び歩き始める。

そんな中、ジニアスは思考を巡らす。

（これ、多分魔物の仕業なんだよなぁ。となると……）

ふとジニアスの頭に、この事件の元凶を伝えに来た少年の顔が浮かぶ。

（まー、流石にありえんか。これだけの数を圧倒する魔物をあの年でテイムできるはずがない）

強い魔物を従魔にするには、本人もそれ相応の強さがないと厳しい。

そうでなければ、従魔にする前にその魔物に殺される。

（シン君にそれほどの強さがあるとはとても思えない。強い仲間がいる……という可能性も、あの様子ではないだろう。だが、どこか引っかかる。ま、適当にカマかけてみるか）

そう思いながら、ジニアスはその先へ向かうのであった。


そうして、更に歩くこと数十分。

景色が――急に開けた。

そこに広がっていたのは広大な土地。だが、かろうじで何かの畑だったことが分かる。

「なんだここは……？」

「森にこんな場所があったのか……！」

冒険者たちは辺りをキョロキョロと見回す。

ジニアスはその光景に顔を歪める。

「本当だったか……ッ！」

ギリッと歯を鳴らして、地獄の底を這うような声で言う。

急に声と気配が変わったジニアスを見た冒険者たちは、思わず目を見開いて後ずさる。

「ジ、ジニアスさん。殺気漏れてますよ」

一人が冷や汗を流しながら、声を振り絞って言う。

高ランク冒険者といえど、元Sランク冒険者ジニアスの本気の殺気を浴びれば、萎縮してしまうのだ。

「ああ、すまんな。感情の制御ができていなかった」

ジニアスは申し訳なさそうな顔でそう言うと、すぐに殺気を消す。

殺気から解放された冒険者たちは、ほっと息を吐く。

「一体なんなのですか？　ここは」

一人が、他の冒険者の気持ちを代弁する。

その問いに、ジニアスは少し沈黙したあと、口を開く。

「そこら中に散乱している植物。これは全て、キルの葉だ」

ジニアスの口から出た言葉で、場に緊張が走る。

「おいおい。マジかよ……」

「んな馬鹿な……」

皆、信じられないというように言うが、ジニアスの表情がそれが真実であることを告げていた。

「俺も間違いだと思いたかったんだがな。これが公《おおやけ》になれば、相当荒れるぞ。侯爵に責任を追及する貴族も出るだろうしな」

侯爵とは、シュレインの領主、ガリアのことだ。

この森はシュレインの領地。

ここまで大規模なキルの葉の畑が見つかったとなれば、ガリアの責任問題に発展するのは必至。

「となると、侯爵はこのことを隠蔽《いんぺい》するのか……？」

ポツリと、魔法師の男性が言う。

「ああ。その可能性は高い。だが、知ってしまった以上、これを握り潰されるのを見て見ぬふりはできない。それに、ここだけの話だが、俺は侯爵が嫌いだ」

「そりゃまた、なんでですか？」

魔法師の男性がジニアスに問いかける。

「だいぶ前の話になるんだが、この森でスタンピード――魔物の異常発生が起きたことがあってな。ああ、今回とは違い、王種がいるパターンのやつだ。それで、相当犠牲が出たんだが……最後まで、侯爵は自身の手勢を動かすことはなかったんだよ」

「うわー、それは最低っすね」

槍術師の男性が、思わず頬を引きつらせる。

「勿論、侯爵が死んだら大事だから、手勢を全て自身の護衛に回したというのは理解できる。だが、それに納得できるのかは別問題だろ？　それに、スタンピードが終息したあと、シュレインでは『危機的状況に陥っても、侯爵は逃げずに、戦う皆を鼓舞《こぶ》した』だなんて噂が流れたんだ」

そう言って、ジニアスは言葉を切った。

「そして調べてみたら、侯爵が従者を使って噂を流したことが分かってな。それで、気に入らないと思うようになった。まぁ、完全な私怨《しえん》だがな」

そんなジニアスに、皆、かける言葉が見つからない。

すると、場の雰囲気を察したのか、ジニアスがハッとなる。

「すまんな。つい、愚痴を言ってしまった。だが、一応弁明しとくが、俺は別に侯爵を恨んじゃいねぇ。自分の身を守るのは悪いことじゃないしな。ただ、個人的に嫌いなだけだ。そんじゃ、もう少しここを見ておくか。キルの葉を食らった結果、魔物が凶暴化したんだからな」

そう言って、ジニアスは畑の中へ入っていく。

そんなジニアスのあとに続いて、他の冒険者も歩き出した。

◇　◇　◇

「ん……？」

目を覚ました俺は上半身を起こすと、辺りを見回した。

ああ……そういや、意識を失うギリギリで転移したんだったな。

「頑張った……な」

そう言って、俺は体を伸ばす。

すると、俺が起きたことに気がついたネムが「きゅ！　きゅ！」とはしゃいだ。

俺はそんなネムを優しく撫でると、色々と考える。

「んー、さっきの戦いは成功っちゃ成功だけど、大変だったな。初めてやったことだから、仕方ないか……」

数多のスライムを使って、敵を数の暴力で圧倒する。そんな一見シンプルに見える戦術が、俺の切り札の一つだ。

だが、ただ大量のスライムを向かわせるだけでは、色々と問題が多い。

そこで視覚からの《テイム》や【空間把握《スペーシャル》】を組み合わせて上手くできないかと、普段から思案していたんだが……試してみたら、予想通り使えたってわけだ。

「まあ、今回でだいぶ理解できた」

こんな大規模な戦い方、普段じゃまずできない。

それに、手札はなるべく他者に見せたくない主義だからね。

初めて使ってみた結果、改善点も見つかった。

まず……というよりはこれが全てなのだが、俺の思考速度が圧倒的に足りない。そのせいで、あの規模でも全然余裕はなかった。

「俺自身の思考速度は、自分で言うのもあれだがかなり速い。だが、頭打ちになりつつある。なら、【思考加速《マインドアクセル》】の出力を高めれば……いや、でもそれはできないしな……」

俺の思考速度を、もっと上げる方法があれば……！

だが、そんな都合よくいかないのが世の常なんだ。

うーん。魔法陣を描く儀式魔法にすれば、出力はかなり上がるのだが、その分、準備が必要だ。

それに……

「【思考加速《マインドアクセル》】の儀式魔法なんて聞いたことないからなぁ……」

儀式魔法は魔法陣を完璧に理解し、かつそれを描かなければならない。

最高クラスの魔法師が代々受け継いで、ようやく完成するような代物《しろもの》だ。俺のような、ちょっとかじった程度の人間が手出しできる領域ではない。

「まあ、改善点の克服方法は気長に探すか。それに少数なら、【思考加速《マインドアクセル》】で全然間に合うし」

さっきは魔物の集団を数の暴力でボコしたが、普通に考えてあんな多くの魔物や人と戦うことなんてまずない。

だから、【思考加速《マインドアクセル》】を強化するという選択肢の優先順位はかなり低いのだ。

それよりは、俺自身の実力を上げないと。

「さーてと。あ、そういや取り逃がした奴はどうなったんだろ？」

俺の領域外にいた魔物は、素通りさせてしまっている。

故に、大体百匹ぐらいはシュレインへそのまま向かわせてしまったと思うのだが……大丈夫だろうか？

俺は森の入り口のところにいるスライムに視覚を移す。

すると、そこには……何もなかった。

戦闘の跡はあるが、街には魔物は到達していないようだ。

「とっくに倒してたのか。なら、安心だな。あー、でも俺ってこの報酬もらえないよなぁ……」

頭を掻きながらそう呟く。

戦闘の痕跡からして、俺が一番多く魔物を倒したのはほぼ確実だろう。

しかし、誰にも見られず戦っていたのだから、報酬なんてもらえるはずがない。

あー、金は欲しいのに、随分と惜しいことをしたなぁ……あ、でも俺は有力な情報を提供したから、その報酬……は流石にもらえるはず！

「よし。早速行くとしよう」

そうして、すぐに身支度を整えると、ネムと共に宿を出た。

出る際に、女将さんに「あれ？　いつの間に帰ってきてたんだい？」と聞かれビクッとしたが、上手いことごまかした。

その後、冒険者ギルドに到着した俺は、扉を開けて中に入った。

「んー、騒がしいな」

中は戦闘を終えて帰ってきた冒険者たちで賑わっていた。

どうやら皆、緊急依頼の報酬をもらったようで、浮かれているのがよく分かる。

絶対この中に今日一日で使い果たす奴がいるだろうなぁ……なんて思いながら先へ進む。

そして、事情を知るサリナさんに声をかけた。

「さっきの情報提供の報酬について、ギルドマスターに聞きたいんだけど……」

「ああ、シン君。残念だけど、今ギルドマスターは外出中なの。日が暮れる前には帰ってくると思うから、その時にまた来てくれる？」

サリナさんはニコリと笑うとそう言う。

外出中か。色々あったし、忙しいのだろう。

「分かった。じゃあ、また来るよ」

そう言って、俺は踵を返し、歩き出そうとした――その時。

「あ、帰ってきたじゃん」

前方には、ちょうど冒険者ギルドに帰ってきたジニアスさんの姿があった。

ジニアスさんは多くの視線を浴びながら、ズンズンと受付の方へ向かってくる。

そして、ふと俺と目が合った。

「お、わりーな。さっきはいきなり出て行っちまって。君からの情報について、さっき確認してきたが正しかった。早速報酬を渡したいから、ついて来てくれ」

ジニアスさんは俺に近づくと、気さくにそう言う。

「あ、はい。分かりました」

俺は頷くと、ジニアスさんについて行く。

……うっわー、めっちゃ注目浴びてる。

だよな。Fランク冒険者である俺が、ジニアスさんに声かけられるなんて、普通はありえんもんな。

注目を浴びて、面倒事に巻き込まれるのは嫌なんだよなぁ……

そう思い、若干憂鬱になりながらもジニアスさんについて行くと、執務室に通される。

「さ、座ってくれ」

「分かりました」

俺は微かに沈んだ声で頷くと、ソファに腰かける。

そして、ジニアスさんもソファに座った。

「ついさっき、冒険者数人を連れて、森の調査に行ったんだ。見事にあったよ。森の奥に、キルの葉の畑がな」

ジニアスさんは忌々しそうに言う。

若干殺気が出ており、俺は思わずビクッと震えてしまった。

「ああ、すまない。殺気が出ていたな。それで、君がもたらしてくれたこの情報はとても価値の高いものだった。故に報酬十五万プルトを渡そう」

「十五万……ッ！」

想像以上の大金に、俺は思わず息を呑む。

十五万だぞ。十五万。

この金でポーションを揃えておけば、今後の冒険者活動における大きな助けとなるだろう。

「ああ。俺としてはもう少し渡したいぐらいだが……まぁ、規則に従うと、これぐらいになる。それと、ランクも上げよう。情報収集能力も、冒険者が持つべき能力の一つだからな。ひとまず、Eランクに上げておこう」

「Eランクですか……」

おー、まさか二週間でランクを上げられるとは思いもしなかったな。

Dランクになれば、念願のダンジョンに入れるので、このまま引き続き頑張るとしよう。

「こんなところだな。いやー、それにしても今回の調査は色々と驚くことが多かったな。まさか、森の中で大量の魔物が死んでいたなんて」

「そうなんですか……もしかして、同士討ちでもしたんですかね？」

俺は内心ドキリとしつつも、そう問いかける。

やっべー、そういや死体処理してなかった……！

死体処理する前に、意識を失っちゃったからな。

「いや、それが何故か急所に穴を開けられて死んでいたんだ。恐らく魔物の仕業だろうが、あんな器用に殺せるなんて、聞いたことがない」

「そ、そうですね～」

やばい。死に方が特殊すぎるのバレてる。

俺は思わず冷や汗を垂らす。抑えようにも、抑えられない。

「そういえば、君はテイマーだよな。穴を開けて殺す魔物なんて、聞いたことがあるか？」

「いえ、聞いたことないですね。そもそも魔物ではなく、人ではないでしょうか？　魔物よりは、そっちの方がまだ現実的というか……」

俺は上手いこと言って、この場を凌《しの》ごうとする。

あれを俺がやったなんて、バレたくないんだよな～。絶対面倒なことになる。

「人間にあんな殺し方ができるわけないだろ？　誰かが魔物を操っているなら別だが……」

そこで、ジニアスさんは一度言葉を切った。

「実は見てしまってな……君が魔物に指示を出して、凶暴化したオークたちを倒しているところを」

「え……誰かに見られてた……？」

俺が焦って呟くと、ジニアスさんが口を開いた。

「まさか本当に君だったとはな。俺が言ったことは嘘だ。つまり、カマをかけた……ってわけだ」

「……やられた」

俺は思わず天を仰ぐ。

まさか、仮にも侯爵家の跡取りであった俺が、こんな簡単な手に引っかかるとは……！

めっちゃ悔しい！

「それで、どんな魔物を使ったんだ？　誰にも言わないからさ」

「信用できね～……あ」

思わず心の声が漏れてしまった。

ヤバい。色々とやらかしすぎている。

俺って詰めが甘いんだなぁ～とつくづく思うよ。

ジニアスさんはそんな俺を見て、笑い声を上げる。

「ははは、ボロが出てるぞ。まぁ、俺を信用しないのは正しい。カマをかけた詫びに、あいつらは同士討ちしたってことにしておこう。死体もさっさと処理しておく。それと、報酬も上乗せしないとな、二十万プルトでどうだ？」

「に、二十万プルト!? ……ありがとうございます」

そう言って、俺は頭を下げる。

かなり報酬が多くなって驚いたが……いやー、よかった。

ジニアスさんは、これ以上嘘つくなんて真似はしないだろうし、黙っていてくれるというのは信じていいだろう。

「あと、Eランクじゃなくて Dランクにしておくか。ある程度実力があることをランクで知らしめておいた方がいいからな」

「ありがとうございます。確かにそうですね……」

短期間で、それもこの年齢でDランクに上がるほどの腕前だと分かれば、多少派手に動いたとしても、低レベルな冒険者に絡まれずに済むだろう。

そう考えると、割とありだな。ジニアスさんに知られたというのは。

何かあった時に、ジニアスさんに相談できるというのも非常に大きい。

事情を知る権力者が一人いるだけで、こうもやりやすくなるものなのか……

「そろそろ話を終わりにしよう。やることが沢山あるからな。じゃ、報酬を払うか」

ジニアスさんは立ち上がると、執務机の引き出しをガサゴソと漁る。

「んーと……おしおし。これで足りるな」

ジニアスさんはそう言いながら戻ってきて、小金貨二枚をテーブルの上に置く。

「報酬はギルドの受付で受け取るのが普通だが、今回は特別に報酬を上げたから、ひとまず俺が直接渡す。ランクアップは、一気に二段も上がると不自然だからな。悪いがもう少し待ってくれ。今日Eランクにして……大体一週間後ぐらいにDランクにしよう。受付に来れば、対応してもらえるようにしておくからな」

「分かりました」

別に一週間遅れるぐらい、どうということはない。そもそも、一か月足らずでDランクに上がれるのだって凄いことなのだ。

だが、前例がないわけではなく、A級以上の祝福《ギフト》を持っている人はほぼ全員それぐらいで上がっている。だから、目立ちすぎるなんてこともない。

「じゃ、これからも頑張れよ。困ったことがあったら、いつでも相談に乗るぞ」

「ありがとうございます。では」

俺は礼を言うと、部屋から出て行った。

そして、注目されないように、そろーっと受付から出て、冒険者ギルドをあとにするのであった。

◇　◇　◇

シュレインを魔物が襲撃する事態が、無事に終息した日の夕方。

ガリアの屋敷にて――

「はぁ？　『庭』が冒険者ギルドに見つかっただと……ッ！」

従者からの報告に、ガリアは動揺する――が、すぐに冷静さを取り戻すと、思考を巡らす。

「マズいな。国王に報告されたら、国の調査隊が派遣されるのは確実。そして、私の責任問題に……！」

ガリアの管轄にある森で大規模なキルの葉の畑が見つかったとなれば、間違いなくただでは済まないだろう。

王族や貴族から叩かれ、多額の金を払って隠蔽できたらマシな方、最悪、爵位をはく奪されかねない。

ガリアは事態終息のあと、すぐに調査隊を派遣して畑を隠蔽し、万が一バレた時のために、取引相手が全ての元凶である証拠を作ろうとしていた。

そして、息のかかった貴族たちにも手を回す。そういう予定だった。

だが、予想外に大きく予定が崩れた。

まさかもう調査隊が——それもギルドマスターが直々に向かうとは、ガリアは思いもしなかった。

ギルドマスターが相手では、調査結果を握り潰すことも容易ではなくなる。

「くそっ、それで、他に報告は？」

何か打開策がないかと思ったガリアは、従者にそう問いかける。

「はい。その他の報告ですと……畑が見つかったことに、ガリア様の元ご子息が関わっているようなのです」

「なんだと⁉」

従者の報告に、ガリアは憤怒の表情を露わにした
額に青筋が、ビキビキとくっきり浮かび上がる。

そして、地獄の底を這うような低い声で言う。

「あいつめ。邪魔しおって……それで、どんな邪魔をしやがったんだ？　あいつは……」

「は、はい。残念ながら、詳しいことは分かりませんでした」

「ちっ、使えん奴め……だが、許せんな。あいつに、生まれてきたことを後悔させてやる……！」

ガリアは血が滲むほど、拳をぎゅっと握りしめた。

そして、感情のままに行動を始めてしまうのであった

第五章　反撃開始

いつものように夕食を食べ終えた俺は部屋に戻った。

そして、ごろりとベッドに転がる。

「あー、今日は頑張った」

何せ魔物を三百匹以上も倒したからね。

ただ、あれからちょーっとやらかしてることに気づいてさ。

俺、倒すのに満足しちゃって、死体から魔石を取るの、忘れちゃった……！

いや～、これは痛い。もしちゃんと取っていれば、相当な金額になっていただろうに。

「……あ、でもオークはEランク、ミノタウロスはDランクの魔物だから、その魔石を大量に持っていったら面倒なことになるかな。一応俺はまだEランクになりたてだし……」

日を空けて少しずつ提出すればいいじゃんって一瞬思ったが、保存する場所がない。

薬草採取の時に使った【空間収納《スペーシャル・ボックス》】は、俺の実力が足りなくて、大量の魔石を入れるだけの容量がない。

ってことは、俺が魔石を取らなかったのは、正しい判断ということなのか！

ふっ……俺、天才だな。

「あ、そういや召喚したスライムたちを戻さないと」

召喚した三十万匹のスライムは、王都ティリアンを中心にいくつかの街とその近辺にある森から均等に召喚したのだ。だから、さっさとそっちへ戻さなければならない。

「さーて、やるか」

俺は早速王都内にいるスライムに視覚を移すと、森にいたスライムたちを王都にどんどん召喚し、解散させる。そして、また別の場所へと移り、召喚する。

それを何度も何度も繰り返し、三十分ほどで元通りになった。

「はー、頑張った」

俺はスライムの視覚を借りて、暇潰しに王都内を散策しながら、そう言った。

それにしても、王都は随分と発展してるよな。

そして広い。大体シュレインの五倍はあると思う。

「王城も綺麗だなぁ……」

月明かりに照らされた白亜の城。それが、王族の住まうグラシア城なのだ。

ちなみに、あそこに潜入させているスライムも……いる。

運び込まれる荷物に紛れて、何匹か入れたんだよね。

なお、入れた理由は、王城内を見学したかったから……という、いかにも子供らしいものだ。

だが、あそこは警備が厳重で、魔力探知や熱源探知が二重三重と張り巡らされており、魔力がほとんどなく、熱も発さないスライムですら、感知できてしまうほどだ。

それを突破すべく、俺が送り込んだのは当然変異種——わずか五ミリメートルほどの超小型スライムだ。

目の前にいても、大抵の人は目を凝らさないと分からず、何かしらの感知能力がある人でも、埃と勘違いしてしまうようなスライム。

そいつによって、王国最高峰の警備システムを破ることができたのだ。

ちなみに現在、そいつらは王城内の適当な空き部屋に住まわせている。

いや～、見られるところは全て見たからね。

無論、まだ見ていないところもあるが、そこは行ったら確実にバレるんだよなぁ……

「んー……何か面白いのないかなー？」

そんなことをぼやきながら、俺は王都内のスライムの視覚を次々と見ていく。

一応《テイム》の鍛錬になるし、たまに面白いことしている奴もいるから、暇潰しにはちょうどいいのだ。

「……あ、カツアゲしてる」

すると、路地裏でカツアゲしている悪い奴を発見！

即、召喚の能力を使って、その男の首に少し強めの溶解液を持つスライムを落とす！

そして、男に考える暇さえ与えず、即座にスライムを元の場所へと戻す！

そうすることで——

「な、なんだ!?　が、ぐああっ!!」

付着した溶解液で首周りの皮膚が溶け、激痛が走ったようだ！

男は首の後ろを押さえ、痛みに苦悶の声を上げた。

これではもう、カツアゲをしている場合ではない。

「い、今の内に……」

その隙に、カツアゲされていた男が逃げ出した。

よし――ミッションコンプリート……ってな。

「にしても、今のはなかなかよかったな」

あそこまで正確な位置に召喚し、適切な量の溶解液を出させる。そして、最速で元の場所に戻す。

昨日よりも、相当祝福《ギフト》の能力が上達しているのが分かる。

「うーん。今日の成果が早速出ているのかな？」

今日は久々に本気で戦った。

そのおかげで戦闘の勘というものがついたのではないか？　と思う。

「ただ、ギリギリの戦いはあまりしたくないんだよなぁ……」

毎日あんな戦いしてたら、精神がもたない。過労死する未来がよーく見える。

「まあ、俺はまだ九歳だ。焦りすぎるのはよくないな」

前世のせいで忘れがちだが、今の俺は九歳なんだ。

普通なら、友達と仲良く平和に遊んでいる年頃だ。

今の俺みたいに、毎日危険な依頼をこなしているのなんて、この世界全体の九歳児の内の五パーセントほどしかいないと本で呼んだ。

……いや、逆に言えば五パーセントもいる、だな。

この世界には日本――いや、地球と違って、魔物もいるし、魔法や祝福《ギフト》なんて物騒なものが存在しているから仕方ないか。

「はーあ……ん？」

『きゅー！　きゅー！』

大きな欠伸をした瞬間、脳内にスライムの鳴き声が響き渡った。

これは……俺を監視している奴がいるのか？

スライムが俺の頭の中に送ってくれたイメージからそう判断した俺は、即座に視覚を移す。

場所は、この宿の屋根の上。

見ればそこには、姿勢を低くし、息を潜めている一人の男がいた。

確かにこれは怪しいな。

（ちっ、何者だ）

「はー、眠いな～」

気づいていないと思わせるために、ごくごく普通の独り言を言いながら、思考を巡らす。

（何か手を出してきそうだよなぁ……）

目的は分からないが、可能性があるのは監視か誘拐か殺害だな。

スライムも害意を感じ取っているようで騒がしい。

（ふむ……どうしようか……）

対処法はいくらでもあるが、なるべく騒ぎにならないやつがいい。

詠唱したら、聞き耳を立てられて対処してくる可能性があるため、ここは魔力を多めに消費したとしても、無詠唱で魔法を使うべきだろう。

いや、それなら魔法よりもこっちが正解か。

「はー、外の空気でも吸うか」

そう言って、俺は部屋の窓を開ける。

「はぁ……いいね。じゃ、そろそろ寝ようかな。涼しい方がいいし、窓は開けたままにしとこう」

俺は窓を開けたまま、ベッドに転がり、寝たふりをする。

そして待つこと数十分。

屋根の上にいた男が音を一切立てずに、窓から部屋に侵入してきた。

よし。

「ようこそ。俺の死の領域《デス・ゾーン》へ」

俺は目を開くと、入って来た男に向かってそう言う。

直後、室内に大量のスライムが出現したかと思えば、その男を押し潰しにかかった。

「ん！　ん！　んんんん～～ッ！！！」

四方八方から押し潰され、男は言葉にならない声を出しながら苦しむ。

例えるなら、クッションで押し潰されているような感じだ。

もがいてももがいても、柔らかいスライムが衝撃を吸収してなかなか抜け出せない。

しれっと皮膚を溶解液で溶かしているのもポイントだ。

だが、スライムはあまり強くない。冷静になられ、対処されてしまう前に次の作戦に移る。

「【魔力よ。空間へ干渉せよ。空間と空間を繋げ。門を開け】」

直後、俺の目の前に、円形に切り取ったような空間が出現した。

その奥には、人間の——頭がある。

「はああああっ！」

そこに、俺は躊躇なく拳を振るった。それも四回。

すると、男の声が急に聞こえなくなった。

「よし。戻れ！」

俺はスライムたちを森へ戻す。

俺の部屋には、げっそりとした表情で倒れる一人の男だけがいた。

「よし。気絶してるな」

俺は満足しながらそう言った。

【転移門《ワープ・ゲート》】という空間と空間を繋ぐ魔法で、俺の目の前の空間と男の後ろの空間を繋ぎ、そこから殴る。そうすることで、安全に気絶させることに成功したのだ。

「あと……【魔力よ。空間へ干渉せよ。空間と空間を繋げ。我が身をかの空間へ送れ】」

俺はその男の腕を掴むと、【空間転移《ワープ》】ですぐ近くの路地裏に転移した。

そうして転移した俺は男の腕を離すと、次の呪文を唱える。

「【魔力よ。この者の精神へ干渉せよ。意識を奪え。支配しろ】」

男の頭に黒い靄のようなものが微かに現れ、すぐに消えた。

「よし。起きろ」

俺はその男の頭を思いっきり蹴る。

男が「がはっ！」と声を上げ、ガバッと起き上がった。

「な、ここは……？」

「大丈夫？」

何が起きたのか分からず、呆然としている男に、俺は優しく声をかける。

「あ、ああ……お、お前はシン!?」

男は急に警戒心むき出しで吠えると、腰の短剣に手を伸ばす。

「お、驚かせてごめんなさい！　俺はシンじゃないよ。ここに倒れてたから、回復魔法で手当てをしてたんだよ」

だが、俺は顔色一つ変えず、優しく諭すように答える。

ここで焦ってはいけない。

すると、その男から、次第に警戒心がなくなっていった。

「あ、ああ。そうだったのか。悪かったな。それと、ありがとな」

バツが悪そうに言うと、男は腰の短剣から手を離した。

「気にしなくていいよ。それで、どうしてここに倒れてたんだ？」

俺は親しい友達に話しかけるような口調でそう問う。

「ああ。実はガリア様から、シンを捕らえろって言われたんだよ。キルの葉の畑が見つかったのは彼のせいらしいんだ」

男はやれやれと肩をすくめながらそう言った。

「そうなんだ。そのキルの葉畑の所有者って誰？」

「ん？　そんなのガリア様に決まって——はっ⁉」

男は突然目を見開くと、口を両手で押さえるが——もう遅い。

俺は男の口にスライムを数匹召喚し、窒息させた。

男はしばらくすると、大人しくなり地面に倒れ伏す。

「ふぅ。ありがとな」

そう言って、俺は数匹のスライムを元の場所へ戻した。

「……あー、ひやひやした」

緊張から一気に解放された俺は、深く息を吐き、物言わぬ死体になった男を見下ろす。

人を殺すのは初めてだが、かなり精神的に来るな……

男の返答次第では、生かす道もあったが、ガリアが差し向けたとなると、こうするしか方法はなかった。

気絶させるだけでは、また俺のことを狙ってくるだろうし、俺がジニアスさんにキルの葉畑のことを報告したとガリアが知っているなら、間違いなくまた刺客を送ってくる。

どうせ、俺を攫《さら》って拷問まがいのことでもする気だったのだろう。

これは正当防衛だったんだ。

俺は自分に言い聞かせるように、そんなことを考える。

「それにしても【精神支配《ドミネイト》】。ちゃんと発動してよかった」

さっきの尋問には【精神支配《ドミネイト》】を使った。

【精神支配《ドミネイト》】は本来は相手の精神を支配し、思うままに操ることができる魔法だ。

しかし、俺は闇属性があまり得意ではないので、少しの間、俺の言っていることを正しいと思わせたり、簡単な指示を出したりすることしかできない。

洗脳がちょっと強力になったみたいなイメージだ。

「はぁ……それにしても、凄いこと知っちゃったなぁ……」

キルの葉の畑の所有者が、ガリア本人だとは思いもしなかった。

「……勘当してからもこんなことをしてくるなんて、流石に許せないな」

今後一切干渉しないのなら関わらないでおこうと思ったが、手を出してくるのなら仕方ない。

「俺を敵に回したらどうなるか思い知るがいい。ガリア・フォン・フィーレル」

俺は怒りを露わにしながらそう言い、早速行動に移すことにした。

「……よっこらせっと」

金目のものだけ取って、遺体はそのままにしておいた。

この世界には司法解剖のようなものはないので、外傷がないこの遺体は、ただの病死と判断されるだろう。

俺は部屋に戻り、ベッドにゴロリと寝転がると、フィーレル家の屋敷にいるスライムの視覚に移る。

これはガリアの執務室に忍び込ませたスライムなのだが、まさか役に立つ日が来るとは思わなかったな……

「さて……お、いるな」

観葉植物の陰からこっそりとスライム——俺は、執務机で書類仕事をするガリアを見つめる。

ガリアが畑の所有者であるという証拠がこの部屋にあるかもしれない。

そう踏んで、この部屋に隠していたスライムに視覚を移したというわけだ。

ただ、あそこにいられると面倒だなぁ～。

「どうするか……まぁ、無難にこれでいくか。失敗してもどうにかなるし」

俺はそう呟くと、こっそりとスライムをガリアに接近させる。

そして、ある程度近づいたところで、魔法を行使する。

「【魔力よ。この者の精神へ干渉せよ。意識を奪え。支配しろ】」

薄くて黒い靄がかかった。よし、成功だ。

それにしても、精神作用系の魔法の対策はしてないのかな？

精神を乗っ取られて悪さをされたら大変なことになるので、貴族は普通、魔道具で精神作用系の魔法に対策をしている。

……いや、してはいるのか。それも、強力なやつを。

ただ、基準値以上の魔力を使う魔法に対してでないと、発動しないようになっているんだと思う。

この手の魔道具って大体一回発動したら使えなくなるから、そうしないと、しょうもない魔法で発動しちゃうからね。

つまり、俺の魔法はしょうもない魔法ということか……

泣きそう。

ま、まぁ何はともあれ成功したのなら、話は早い。

俺は【精神支配《ドミネイト》】で、おしっこおしっこと指示を出す。

すると――

「む……仕方ない。行くか」

ガリアはそう言って立ち上がると、すたすたと部屋から出て行った。

よし。今がチャンス！

俺はスライムを机の上へ上がらせた。そして、ガリアがなんの書類を書いていたのかを見る。

「……あー、なるほどね」

書類に書かれていたことを要約すると、どうやらガリアは畑を所有していた罪を、誰かに擦り付けようとしているようだ。

だが残念なことに、これではガリアが関与していた証拠にはならない。

「じゃ、次は引き出しを見てみるか」

俺はスライムに命じて、執務机の引き出しを上から順番に開けてもらう。

一段目は……うん。なさそうだ。はい、次！

二段目は……うん。こっちもなさそうだ。はい、次！

ラスト三段目……む？

「開かない……」

一番下の引き出しだけ、引くことができない。

どうやら鍵がかかっているようだ。

「ん〜……見た感じ、魔力認証型の鍵かな？」

鍵穴がないことと、奇妙な金具が取手の部分に付けられていることから、鍵の特性を判断する。

まあ、分かったところで、俺程度の魔法では解除できないんだけどね。

だから、ここは別の方法で突破させてもらうとしよう。

「【魔力よ。空間へ干渉せよ。空間と空間を繋げ。門を開け】」

直後、宿にいる俺の目の前に真っ黒な穴が出現した。

「よし。成功だな」

視覚を戻した俺は、思わずニヤリと笑う。

【空間把握《スペーシャル》】で念のため確かめたが、間違いない。

この穴の先は――三段目の引き出しの中だ。

【転移門《ワープ・ゲート》】などの転移魔法は、【転移座標記録《ワープ・レコード》】で記録した場所にしか行けない。しかし、鍛錬をすれば、このように壁一枚程度なら繋ぐ場所をズラすことができる。

「さて、どんなのが入ってるかな～」

俺はニヤニヤと笑いながら、引き出しに入っているものを根こそぎ取り出す。

俺が盗んだことがバレるとまずいので、念のため手に布を被せて、引き出しの中や書類に指紋が残らないようにする。

すると、そこには――

「あ、これダメなやつだ」

何せ、早速目についたのが……

「完全にキルの葉だな」

そこにはバッチリ、キルの葉が入っていた。ちゃーんと加工されていて、いつでも火をつけて吸えるようになっている。

「他のは何かな……？」

絶対他にもあるだろうなぁ……と思いながら、俺は茶封筒から書類を取り出すと、その内容に目を通す。

「……こっちもダメじゃん」

なんと、そこには！

国に納める税をごまかしている証拠がありました〜！

いや、畑の証拠じゃないんかーい。

……てな感じで、思わずセルフツッコミをしつつ、パラパラとその他の書類も流し見る。

「うん。真っ黒だね」

一つ一つの悪事は小さめだけど、これだけ沢山あれば処罰は免れないだろう。

多分、キルの葉以外の不正だけで爵位を奪われる可能性すらあるな。

そして、肝心の畑についてだが……

「お、発見」

一番下に、本日の目玉商品（？）の畑を所有している証拠が見つかった。

枚数もそこそこあるね。

「ん〜、これはいいね……ん？」

その時、頭の中にスライムの鳴き声が聞こえてきた。

……あ、スライム置き去りにしてた。

俺は慌ててそのスライムに視覚を移す。

カツ、カツ、カツ。

やべっ、足音聞こえてきた！

焦った俺は、即座にそのスライムを屋敷の中にいる他のスライムのもとへ召喚する。

「ふぅ。これで一安心」

ホッと安堵の息をついた俺は、視覚を戻すと、テーブルの上に置いた書類とキルの葉を見る。

「あとはこれを……くっくっく」

「きゅきゅ？」

思わず邪悪な笑みを浮かべる俺を見て、ネムは不思議そうに首（？）を傾げるのであった。

「……よし。じゃあ、次の行動に移ろうか」

まず、大量に手に入れた不正の証拠だが、俺には権力者への伝手が絶望的なまでにないため、このままでは全然活用できずに終わってしまう。

ジニアスさんに渡すということも考えたけど……それでもちょっときついかな。

忘れがちだが、ガリアって侯爵家当主だからね。

それも、かなり力のある家。

だから、ここは数の暴力で、有無を言わさず終わらせるとしよう。

作戦はいたってシンプル！

スライムを使って王都内にいる有力貴族たちの部屋に、これらの書類を送ってあげる。ただそれだけ！

ふっふっふ。何せ、俺は王城内にも侵入できたのだ。貴族の屋敷に侵入することぐらい、造作もない。

「じゃ、名簿を作るか」

そう呟くと、俺はリュックサックからペンを取り出した。

そして、全ての不正証拠の書類の裏に、これから送る貴族家の名前を書き始めた。

もちろん手に布を当てて、書類を触っているので、指紋への対策もばっちりだ。

――そして。

「……やっと、完成か……」

手をパキパキと鳴らしながら俺は書類を見やる。

それから、外を見てみると、空はうっすらと青白く光っており、もうすぐ夜が明ける。

「ね、眠いぃ……」

夜通し書き続けていたせいで、めちゃくちゃ眠い。疲労が半端ない。

「きゅ～？　きゅきゅきゅ！」

ネムは、俺を励ますように鳴き声を上げる。

うん。ありがとう。

「……いや、でもここで寝るのは避けたい……！」

そろそろガリアも引き出しの書類がなくなったのに気づく頃だろうし、俺に矛先が向く前にここから避難しないと。

そう思った俺は、即座に荷物をまとめると、【空間転移《ワープ》】で、王都ティリアンの犯罪組織の地下アジトである洞窟に転移した。

この組織は数日前に王都の魔法師団によって制圧されたため、今はもぬけの殻になっている。

真っ暗なアジトに転移した俺は、【光球《ライトボール》】で明かりをつける。

「ん～……見た感じ安全そうだね。それじゃ、入り口やその周辺に厳戒態勢を敷いて、俺はゆっくり寝るとしよう」

俺はリュックサックを地面に置いた。

そして、ひんやりとした硬い石の地面に寝転がる。

「きゅきゅきゅ！」

すると、ネムが俺の頭の下に入り込み、枕になってくれた。

流石、ネム！　気がきく～！

「んじゃ、寝るか」

俺は【光球《ライトボール》】を消すと、すぐに意識を手放したのであった。

◇　◇　◇

シンが不正の証拠の書類を根こそぎ奪ってから、少し経った頃。

フィーレル侯爵家の執務室にて――

「……あー、疲れてきた。そろそろ吸わんと」

書類を書いていたガリアは手を止めると、イラついたように頭を掻く。

これ以上は禁断症状が出てきそうだと判断し、ガリアはいつものように解錠し、三段目の引き出しを引く。

そして、戦慄する。

「な、ない！」

ない。ないのだ。

数時間前まであったキルの葉が、なくなっているのだ……！

しかも、その他の機密書類も消えている。

「な、どこへ⁉」

ガリアは狼狽《ろうばい》する。

「だ、誰か……いや、無理やり解錠された痕跡はない。どういうことだ？」

ガリアはひとまず執務室の中を捜索する。

他の引き出しを、クローゼットの中を、植木の隙間を、絵画の裏を――

捜して捜して、とにかく捜しまくった。

だが――

「見つからん」

一向に見つからない。

「あれが誰かの手に渡れば面倒だぞ……」

大抵のことなら無理やりもみ消すこともできるが――これまでの悪事全てとなると話は別だ。

「くそ！　くそ！　くそ！　どうしたらいいんだ……ッ！」

そんなガリアの声は、執務室に虚しく響き渡るのであった。

◇　◇　◇

「よし。それじゃ、早速やるとしよう」

数時間ぐっすりと眠り、スッキリした俺は気合を入れると、ネムを胸に抱きかかえる。

よしよしと撫でてあげると、ネムは嬉しそうに鳴き声を上げた。可愛い。

「さて、まずはここにしよう」

王都にある貴族家の屋敷の様子をスライム越しに見ながら、俺はそう言う。

一番目に選んだのは、エーベナム侯爵家。

エーベナム侯爵家は国王派っていう、国王が決定権を持つべきだ～と主張する派閥に所属しているんだけど、ここの当主はかなりの人格者だ。しかも、上級貴族。

この家は発言力が強そうだから、期待させてもらうとしよう。

「さて、中の様子はどうかな～？」

例に漏れず、ここにも元々スライムを不法侵入させている。

しかも、バッチリ執務室にまで。

今は不在のようだし、置かせてもらうとしよう。

俺は、早速王都内にいるスライムを一匹、自身のもとへ呼び出した。

そして、期待を込めて書類を三枚持たせると、執務室に待機させているスライムのもとへ召喚した。

「よし。置いてくれ」

『きゅきゅ！』

スライムは俺の命令に頷くと、執務机の上に自然な感じで置いてくれた。

あとはエーベナム侯爵が勝手にやってくれるだろう。

「じゃ、戻ってくれ」

そう言って、俺はスライムを自分のところに召喚する。

「さて、次はどこにしようかな……あ、ここ今なら行ける！」

そうして次に目をつけたのはクローナム公爵家。

公爵っていうのは王族の血族で、超絶お偉いさんだよ。

で、この家は貴族派っていう、貴族が相談して、多数決で物事を決めましょうね～と主張する派閥に所属している。

クローナム公爵家はその筆頭で、しかも現当主も人格者なんだよね。

というわけで、早速送らせていただこう！

しかし、クローナム公爵邸って警備がかなり厳重なんだよね～。

執務室みたいな重要な部屋に行こうとすると、当主の護衛がピクッてするんだよ。

ただ、護衛が不在である今なら行ける！

今の内に、執務室に向かわせよう！

俺は念のため変異種の小さいスライムを使用人の服にくっつかせて、執務室に向かわせる。

そうして執務室にスライムを入れた俺は、机に上がらせると、そこに書類を持たせたスライムを召喚する。

こっちには更に期待を込めて、五枚も送りつけてやった。

そのあと、俺は二匹まとめて自身のもとに召喚する。

「さぁ、この調子で他の貴族家にも送って差し上げようか……くっくっく」

俺は実にあくどい笑みを浮かべながら、ガリアの――否、フィーレル家の没落を想像するのであった。

◇　◇　◇

王都ティリアンの貴族街。

エーベナム侯爵邸の前に、一台の馬車が止まる。

「うむ。ご苦労であった」

そう言って、馬車から降りて来た初老の男性。

彼の名前はレティウス・フォン・エーベナム。エーベナム侯爵家の当主だ。

レティウスはカツカツと靴を鳴らしながら白い石畳の上を歩くと、屋敷に入る。

そして、多くの使用人たちに迎えられると、護衛、家宰と共に執務室へと向かった。

執務室に着いたレティウスは、護衛二人を部屋の前に待機させると、執務室に入る。

「やれやれ。貴族派の連中が煩《うるさ》くて困る」

執務室に入ったレティウスは、扉が閉まるや否や、呆れたようにため息をついた。

「お疲れ様です。貴族派は利権に貪欲な方が多いですからね」

「ああ。上級貴族——特にクローナム公爵がまともなおかげで、両派閥の溝が深くなりすぎていないのは、不幸中の幸いだ」

家宰の言葉に、レティウスはやれやれと肩をすくめる。

貴族派には、自身の権力をより強大なものにしたいと企む下級貴族が多く入っている。

もっとも、派閥の中心に立つ貴族からは、身のほど知らずだと内心呆れられているが……

「さて。今日中に会議の内容をまとめておかなくてはな」

「そうですね。私も微力ながら、お手伝いいたします」

「ああ。頼んだ」

そう言って、レティウスは執務机の椅子に腰かけた。

そこでふと、机の上にあった書類に目が行く。

「ん？　なんだこの書類は……？」

この書類を見た覚えはない。一体なんの書類なのだろうか？

レティウスはそう思い、怪訝そうに目を通す。

そして、思わず息を呑んだ。

「な……なんだと……ッ⁉」

「どうされたのですか？」

レティウスらしからぬ動揺に、家宰は思わず慌てた様子でそう尋ねた。

家宰の言葉で、少しばかり落ち着きを取り戻したのか、レティウスは深く息を吐く。

「これを読んでくれ」

レティウスは一枚の書類を家宰に渡す。

家宰は不思議そうな顔をしながらも受け取ると、内容を確かめ、目を見開いた。

「これは……本当ですか？」

いくらか沈黙したあと、ようやく家宰は口を開く。

「ご丁寧にどこの貴族家へ送ったのかが書類の裏に書かれている。これからそこに連絡をしてくれ。私はこの情報を精査する」

他二枚の書類にも目を通していたレティウスが、家宰の言葉にそう返す。

「かしこまりました。至急、使いを送ります」

そう言って、家宰は執務室を出た。

一人残されたレティウスは、三枚の書類を見比べながらぽつりと呟く。

「ガリア・フォン・フィーレル侯爵か……確かに何かやりそうな雰囲気はあったが、まさかこれだけのことをしでかしていたとはな。それにしても、これは誰が置いたんだ？」

屋敷の警備は厳重だ。

相当な隠密能力を持っている者でも、こんなことをするのは難しいだろう。

この書類を置いた者は他の貴族家にも侵入したということになる。

しかも、その中にはクローナム公爵家も含まれていた。あそこの警備は別格。

書類を運び込むのは、外部の人間ではまず不可能だ。

となると、この書類を多くの貴族家にバラまいているのは、上級貴族と相当近しい関係にある人だろう。もしくは、その人本人か。

だが、それはそれで疑問が残る。

「何故、こんなに多くの貴族家にバラまいたんだ？　しかも、派閥もバラバラだ」

裏に書かれている貴族家は、国王派から貴族派、それに中立派と、幅広い。

普通なら、自身が支持する派閥の人間にのみ、送るはず。

だが、レティウスは一つの共通点に気づいた。

それは――

「各貴族家の当主は皆、評判のいい――人格者……か」

そう。そこに記載されている貴族家の当主は皆、いわゆる名君と呼ばれる類いの人であった。

となると……

「確実にフィーレル侯爵家を落とすためなのか？」

これだけ多くの貴族家に――それも、名君がいるところに送れば、フィーレル侯爵家が没落するのは火を見るよりも明らかだ。

レティウスも、中立派の最大勢力であるフィーレル侯爵家を没落させることができるのは――不謹慎ながらも、ありがたいと思った。

フィーレル侯爵家当主のガリアは、表向きは国王派と貴族派の仲介役として活躍してきた。

だが、そこには国に対する敬意なんてものは全くなく、その対立を利用して、ただ己の利益と権力のみを追い求める、言うなれば貴族派の下級貴族と同じような思考をしていた。

しかし、下級貴族と違うところは、《数学者》の祝福《ギフト》による計算能力と生来の頭脳。

彼はそれを用いて、確実に利益を得ていたのだ。

ただ、やりすぎの感が否めず、近年は恨みを買う――まではいかないが、気に入らないと思う人は増えつつあった。

いずれ、本気で恨む人が出てもおかしくはないと思うほどに――

「……フィーレル侯爵を相当恨んでいるのかもな」

(派閥関係なく、本気でフィーレル侯爵を社会的に潰す。そういう腹づもりなのだろう。まだ分からないことも多い――が、今は細かいことを考えている暇はない。他の貴族家と連絡を取り合い、行動に移さなければ、最悪フィーレル侯爵に逃げられる可能性も出てくる。それは非常にマズい)

レティウスは黙り込み、思考を巡らす。

「はぁ……恨むぞ。誰かは知らないが……」

これから寝る間も惜しいと感じるほど忙しくなる自分を想像したレティウスは、この書類の送り主を恨めしく思いながら、力なくそう言うのであった。

◇◇◇

書類を送った翌日の朝。

全二十四か所に不正の証拠書類を送り付けた俺は、王都中を監視しながら、犯罪組織の元アジトで寛《くつろ》いでいた。

「皆頑張ってるな～。ファイト～！」

彼らを応援しながら、俺は今朝王都に転移して買った串焼きを頬張る。

そんな俺の視線の先には、王城に緊急招集される貴族たちの姿があった。

いやー、凄いね。

まさか送り付けた次の日に会議を開くなんて……！

他にもやるべきことが色々とあっただろうに。

一体誰のせいで、予定変更による寝不足貴族とその部下が量産されたのだろうか……

はい。俺です。すみません！

それにしても彼ら、昨晩は全然寝てないと思うんだよなぁ……

魔法で肉体的な疲れは取っているだろうから執務に支障はないものの、精神的には結構きつそうだ。

呑気なことを考えつつ、俺は極小のスライムを適当な貴族にくっ付かせて、会議室へと連れていく。

「やっぱ会議の内容は確認したいからね」

満場一致でガリアが捕縛されることになるだろうが、それでも万が一ということがある。

ちゃんと会議をリアルタイムで確認して、その結果次第では、最悪俺が直接手を下すのも考えなくてはならない。

……というのは建前で、本音は——

「貴族の会議。めっちゃ見てみたい……！」

ただの好奇心だ。

いやー、でも気になるものは気になるんだよ。

前世のファンタジー小説でも貴族が会議をするシーンがあったけど、普通に好きだった。

あの、混沌《こんとん》とした感じがいい。

そして、実際この会議は混沌とした感じになりそうだ。

正体不明の人間から送られた、超重要そうな不正の証拠書類の扱いについて話し合ったら、絶対そうなる。

そんな不謹慎なことを思いながら、俺はのんびりとスライムの視界を眺めていた。

「……お、着いたか」

少し王城内を歩いたところで、極小スライムをくっ付けている貴族が一つの部屋の中に入った。

この部屋はだいぶ前に王城内を冒険した時に見たことがあるので、会議室だとすぐに分かる。

「おお、沢山いるなぁ……」

会議室は大きな机と、それを囲むように椅子が置かれており、既にその椅子の半数以上が埋まっていた。

座っている貴族の面々を見るに、どうやら部屋の奥に行くほど、高位の貴族が座っているようだ。となると、一番奥にある、一際豪華な椅子——今は空席だが、そこに座るのは王族ということになるのだろう。

今回の件で国王が出てくるのかは少し悩むところだが、多分王族の誰かしらは来ると思う。

ガリアは、中立派トップ——国内でも片手で数えられるほどに力を持った貴族だからね。

その後、俺は極小スライムをひっそりと移動させて、上手いこと天井の窪《くぼ》みに貼り付ける。

これで、会議の様子を俯瞰《ふかん》できるってわけだ。

その後しばらく待ち、だんだんと席が埋まっていき——最終的に、俺が書類を送り付けた貴族家全ての当主が出席した。

おー、すげぇな。

まさか全員参加するなんて……誰かしらは兄弟などの代理人を派遣するのかと思ってたのだが……

まぁ、それだけこの件を重く見ているということなのだろう。

すると、再び会議室のドアが開き、数人の強そうな騎士が入ってきた。

冒険者ランクで言うと、低くてもAランク——一番強い人はSランクなのではないかと思わせるほどだ。

たとえ強力な祝福《ギフト》をもらったとしても、ここまで強くなるのには、相当な修練が必要なんだろうね。

そんなことをしみじみと思っていると、その騎士たちに続いて一人の男性が入ってきた。

金髪碧眼《きんぱつへきがん》、容姿端麗、豪華ながらも派手ではない白を基調とした服。

どっからどう見ても、人生勝ち組だと思わせるような風貌の男性だ。

その途端、貴族たちは一斉に立ち上がり、頭を下げる。

まさか——

「第一王子——レイン・フォン・フェリシール・グラシア殿下が来られるとは……!」

平民になったことで口調を崩すようになった俺ですら、無意識の内に丁寧な言葉遣いになってしまう。

御年十九歳ながら、卓越した頭脳で政治を行っている、次代の国王に相応しい方だ。

傲慢さはなく、偉ぶることもなく、だが周りの人間が自然と敬ってしまう。そんな感じだ。

まあ、俺としては結構好ましい人だと思っている……って上から目線はよくないか。

レイン殿下はスタスタと会議室内を歩き、そのまま一番奥の椅子に座った。

「皆。顔を上げ、席についてくれ」

真面目ながらも、爽やかな声音でレイン殿下は言う。

そして、その言葉に従い、貴族たちは皆それぞれ椅子に座った。

全員が椅子に座ったところで、レイン殿下が再び口を開く。

「私の呼びかけに応じてくれたこと、感謝する。それでは、緊急会議を始めよう。議題は、ガリア・フォン・フィーレル侯爵の不正疑惑について」

レイン殿下の言葉に、貴族たちは皆、引き締まったような顔になるのであった。

「皆は当然知っていると思うが、昨日、皆の屋敷――正確には執務机にこのような書類が置かれたとの報告が来た」

そう言って、レイン殿下は一枚の書類を手に持ち、皆に見せる。

「そして、クローナム公爵とレティウス侯爵が全ての書類を集め、昨日の夕方に私のもとへ来てくれた……というわけだ。その後、私が王城にある納税書類とこれらの書類を照らし合わせてみた結果、不正が行われているのはほぼ確実となった。更に、筆跡も一致した」

会議室がざわりとなった。

まあ、当然だな。ガリアが不正しているのはもう確定だって、レイン殿下――王太子が言ったんだからね。

すると、レイン殿下のアイコンタクトを受けた、初老の男性――確かレティウス侯爵だったな、そんな国王派トップの超お偉いさんが、口を開いた。

「私の方では不正の証拠書類の送り主について、調べさせていただきました。ですが――残念ながら、何も分かりませんでした。指紋もついておらず……ですが、時間さえあれば、筆跡から解明できるかもしれません」

ああ……筆跡……

やっべ。なんでこんな肝心なこと忘れてんだよ！

指紋は気をつけていたのに、筆跡の偽装を忘れているなんて……不覚！

まぁ、詰めが甘いのは今に始まったことじゃないから仕方ないよね～。

もっとも、今後俺が目立つような行動を取らない限りは、その筆跡が俺のものであると辿り着くのは、相当厳しいだろうけど。

そんなことを思っていると、次にその反対側に座る初老の男性――貴族派トップのクローナム公爵が口を開く。

「私の方も同様ですね。送り主に関する情報はほとんど出てきませんでした。ですが、私の護衛――A級の《気配察知《けはいさっち》》の祝福《ギフト》を持つ者によりますと、普段から微かな違和感を覚えていたとのこと。もしかすると、この件と何か関係があるのかもしれません」

あー！

マジか。クローナム公爵家の護衛、《気配察知》を持ってたのかよ！

しかもA級。

《気配察知》を持ってる人はあまりいないっていうのに。しかもその中でA級って……

それでも微かに違和感がある程度なので、特に問題はないだろう。

バレそうになったら、潜入させてるスライムを即座に逃がせばいいだけだからね。

「……なるほど……分かった。送り主に関しては一旦置いておこう。考えても埒があかない」

レイン殿下の言葉に、皆ため息をつきながら頷いた。

この人たちは俺のせいでただいまお疲れ中だからね。

俺に対して言いたいことの一つや二つあるのだろう。

一方、そんな俺は現在、串焼きを食べながらゴロゴロしてる……と。

まあ、重大な不正を報告したってことで、チャラにできると思う……多分。

「では、これからすることについてだが、フィーレル侯爵とその家族、臣下は捕縛して王都へ連行する必要がある。それも早急に」

「はい。逃げられてしまう前に、騎士を派遣いたしましょう」

レイン殿下の言葉に、レティウス侯爵は同意してそう言った。

「そうですね……それでは私が騎士を派遣いたしましょう」

「いえ、ここは私が派遣しましょう。既に、ある程度の準備は整えております」

クローナム公爵の言葉に、レティウス侯爵は対抗するような感じで答えた。

「ここは、我々にお任せください。フィーレル侯爵家は強力な魔法師団を持っていますからね」

クローナム公爵も、やんわりとした笑みを浮かべながら、似たような感じで言う。

うん。互いに争うべき場所ではないと分かってはいるのだろうけど、それでもある程度は対抗心を見せておかないと、派閥の仲間から消極的って思われちゃうからね。

いやー、貴族って大変だなぁ……

まあ、かくいう俺も、最近まで貴族だったけど。

すると、レイン殿下が口を開く。

「ここは、互いに百五十人ずつ出すということにしよう。あとは、それぞれ二人ずつ、文官も派遣してくれ。異論はあるか？」

レイン殿下は二人にそう問いかける。

これは同意を求めているのではなく、決定事項に頷くかどうかを聞いているな。

当然、王太子の決定に異を唱えるわけもなく、二人は頷いた。

そして、他の貴族も頷き、方針が決まった。

「では、なるべく早く――今日の午後に王城に騎士を集めてくれ。それからすぐに大規模転移魔法陣でシュレインの近くへ送ろう」

「分かりました。すぐに集めて参ります」

「承知いたしました。早急に準備を整えましょう」

レティウス侯爵とクローナム公爵が張り切って言う。

こうして、緊急会議は驚くほどスムーズに終わったのであった。

いやー、まさかここまですんなりと事が運ぶとは思いもしなかったよ。

ま、これでガリア――フィーレル侯爵家は終わりだな。

さてと。じゃ、最後の仕上げをするか。

「最後くらい、ガリアにやり返してもいいよね？」

ガリアはこれから警備厳重な牢獄に入れられる。

だったら、それよりも前に直接恨みをぶつけてもいいだろう。

「んじゃ、やるか。ガリア……」

そう思い、ニヤリと笑った俺は、スライムをバレなそうな場所に移そうとし――すぐに違和感を覚える。

「……あれ？　なんでレイン殿下は俺の方を見てるんだ……？」

ほとんどの貴族が去った会議室で、レイン殿下は椅子に腰かけながら、天井を見ていた。

その視線は確実にスライム――俺を射抜いている。

直感で分かる。偶然ではない。

これは――気づかれている。

「な……」

思わずぞくりと体が震えた。

普通のスライムが人に見つかったことはある。まぁ、野生のスライムだと思われて、無視されたけど。

だが、この極小スライムがバレることなんてなかった。

すると、レイン殿下が口を開く。

「一人で考え事をしたいから、全員退出してほしい」

レイン殿下の言葉に、残っていた貴族は急ぎ足で退室していく。

護衛の騎士は相変わらず残っていたが――レイン殿下の視線を受けて退出する。

まぁ、王城の中で襲われることなんてないと分かっているからこそ、素直に退出したのだろう。

でも、ちゃんと会議室の外でスタンバっているが。

「ふぅ……これでいいかな。出てきてくれ。多分……そこら辺にいるのだろう。会議室は防音だから、話しても問題ないよ」

レイン殿下は穏やかな口調でそう言いながら、スライム——俺を指差した。

「気づかれてる……」

やはりと思いつつも、俺は動揺する。

すると、俺が動揺していることを察したのか、レイン殿下が安心させるように言った。

「あまり人には言っていないけれど、私はS級の《万能感知《ばんのうかんち》》を持っているんだ。だから分かった。それでもだいぶ朧気《おぼろげ》で、意識しないと分からないんだけどね」

「《万能感知》……ッ！」

レイン殿下の言葉に、俺は驚愕する。

《万能感知》。

それは、気配、熱、音、魔力、殺気の五つの感知能力を上昇させる、めちゃくちゃレアな祝福《ギフト》だ。

たとえC級だろうが、そんじょそこらのB級祝福《ギフト》よりも強力とされている。

そんな祝福《ギフト》の——S級。

もはやこれは世界で一人——唯一無二の存在かもしれない。

「ははっ、こりゃ無理だ」

思わず乾いた笑いが出てしまった。

チートもいいところだよ。これは……

だって、実質五つのＳ級祝福《ギフト》を持っているようなものなんだから。

「はぁ……しゃーない。こりゃ、話すしかないか……」

ここで会話を渋ったら、最悪敵対してると思われてしまってもおかしくない。

だが、ここで話しておけば、いい関係を築けるかもしれない。

スライム越しに誰かと会話をするなんてやったことがないが、できるのだろうか？

それが無理なら俺が転移するしかないけど……魔力探知や熱源探知が張り巡らされている王城に転移したら、護衛がすっとんでくるだろうな。

よし、イチかバチかだ。

そう思った俺は、スライムとの繋がりをより強化した。

「凄いですね……殿下」

うわっ！　スライム越しに声を出せた！

そして、思わず口にした第一声は、心からの称賛の言葉だった。

一方、レイン殿下は目を見開いて驚くと、口を開く。

「ありがとう。でも、君の方が凄いと思うよ。王城の警備をかいくぐり、会議室に侵入するなんて。ところで、姿は……？」

「あ、すみません。こうすれば……分かるでしょうか」

殿下は俺が直々に潜入していると勘違いをしていたようだ。

俺は極小スライムを机の上に移動させ、普通のスライムをその近くに召喚する。

そして、視覚をそっちに繋げた。

「これでどうでしょうか？」

俺の問いに、レイン殿下はただただ目を丸くするばかりだった。

「……なるほど。テイマーだったのか。これは盲点だったよ」

レイン殿下は感心するように言う。

「まあ、ともあれ出てきてくれてありがとう。君の名前を聞いていいかな？　無論口外するつもりはないよ。初代国王の名において誓おう」

レイン殿下の言葉に、俺は少しの間悩む。

うーん。口外しない……か。

それを信用できるかどうかは難しいところなのだが……ただ、レイン殿下なら、分かっていると思うんだよね。

俺を敵に回す行為は、避けた方がいいってことぐらい。

この人、結構頭いいから。

それに、初代国王の名を出しておいてその誓いを反故《ほご》にするのは、王族にとっては禁忌だからね。

あと、王太子——次期国王と繋がりを作っておくのは、こちらとしてもメリットが大きい。

何事にも、万が一ってことはあるし。

「……私の名前はシンです。ですが、昔はシン・フォン・フィーレルと名乗っていました」

俺の言葉に、レイン殿下はハッとする。

「そうか。君がフィーレル侯爵の長男だったんだね。五歳を境に、情報が何一つなくなっていたから、そういうことなのだろうとは思っていたけど……」

レイン殿下の言う、そういうこととは、祝福《ギフト》の階級が低い子供をいないものとして扱うという、欲の強い貴族ではよくある風習のことだ。結構根強くて、なくなることは多分ない。

「でも、君の祝福《ギフト》はそんなに弱いのかい？　私にはとてもそうは思えない。今は……確か九歳だろう？　その年齢でこれほどの腕前。Ｓ級かと勘違いしてしまったよ」

「それは光栄ですが……違います。私の《テイム》はＦ級。私はスライムなどの弱い魔物しかテイムできません。ゴブリンですら、従魔にできるかどうかといったレベルです」

「Ｆ級……か。それは相当辛かったね」

レイン殿下は同情するようにそう言うと、俺（スライム）を撫でる。

実際は、一部チートな部分があったおかげで、そこまで祝福《ギフト》について思い悩むことはなかったんだけどね。

それよりも、屋敷での扱いの方が辛かった。

「そうですね。ですが、なんとかここまで来ました。そして勘当された私は、冒険者になったのですが……色々ありまして、こうしてフィーレル家を没落させるために動いた……というわけです」

「ははは……その年で、中立派最大勢力のフィーレル侯爵家当主、ガリアをここまで追い詰めるなんて、凄いことだよ。あと――」

レイン殿下は乾いた笑みを浮かべながらそう言うと、頭を下げた。

「ガリアの不正を暴いてくれてありがとう。もし、このまま野放しにしていたら、いつか取り返しのつかないことになっていたかもしれない。だから、ありがとう」

「あ、頭を上げてください。恐れ多いですよ！」

一国の王太子に頭を下げられ、俺は思わずそう言う。

貴族に対しての敬意などはあまりない俺だが、王太子――次期国王に頭を下げられたら、流石に恐縮してしまうのだ。

「ああ、そうだね。君の気持ちを考えていなかった。ただ、私なりの感謝として、受け取ってほしいと思う」

「……分かりました」

なんと言ったらいいか分からず、俺はただそう言って頷いた。

まあ、頷く様子は殿下からじゃ見えないけどね……

「ふぅ。もう少し話したかったけど、これ以上話すのは時間的に無理かな。また、機会を作って話をしよう。色々と話したいことがあるんだ。私の方から、いずれ君にコンタクトを取ると思うからそのつもりで」

「分かりました」

どうやら興味を持ってくれたっぽいな。

俺と敵対する意思もなさそうだし、ひとまずは信用するとしよう。

「よっと。ところで、君はこれからどうするの？」

席を立ったレイン殿下はふと、世間話でもするかのような感じで尋ねてきた。

「これからガリアのもとへ行こうと思っています。ちょっと直接やり返したいなって思ったんですよ」

「なるほど。まあ、程々にしてね。死なせるのは勘弁してほしいかな。そうなると結構困ったことになるから」

「承知しております。では、失礼します」

そう言って、俺はスライムを自身のもとへ召喚すると、視覚を元に戻した。

俺は、それはもうマリアナ海溝《かいこう》よりも深いため息をついた。

「はぁ～……胃が痛てぇよ」

王太子と一対一で会話とか、めっちゃ緊張したわ～。

日本で例えるなら、天皇家の人と面談するようなものだろ？

これで緊張しない奴なんて、まずいないだろう。

「まあ、予想外のことは起きたが、結果は悪くない」

レイン殿下とよさげな関係を築けたのはいいことだ。

恐らく向こうは、俺の情報収集能力や潜入能力を欲しがっているのだろう。だから、いずれ俺にコンタクトを取ると言ったのだ。

それなら、敵対……という面倒なことにはならなくて済む。

王太子と敵対とか、考えただけで嫌になるからね。

「さてと。ガリアは今何やってんだろ？」

書類がなくなったことで、慌てふためいているんだろうな～と思いながら、俺は執務室に隠れているスライムに視覚を移す。

「くそっ～！　なんでこんなことにぃいいい！！！」

「お、落ち着いてください」

すると、そこには荒ぶるガリアと、そんなガリアを必死に宥めようとする家宰の姿があった。

護衛も部屋の中におり、手を貸そうか迷っているような感じだった。

「うっわー、こりゃ想像以上の荒れようだ」

まさかガリアがここまで荒れるとは思いもしなかった。

ガリアって、無意味なことはしない主義だから、こういう時は感情的になるよりも、その状況を打開する方法を、イラつきながらも必死に模索するもんだと思ってたんだよね。

「ガリア……これで終わりだ。行くか。ネムも」

「きゅきゅきゅ！」

俺はネムを抱きしめ、立ち上がると、【空間転移《ワープ》】の詠唱を唱える。

「【魔力よ。空間へ干渉せよ。空間と空間を繋げ。我が身をかの空間へ送れ】」

次の瞬間――

「……久しぶりだな。ガリア」

執務室に転移した俺は、荒ぶるガリアに向かって、笑みを浮かべながらそう言うのであった。

その瞬間、皆時が止まったようにピタリと固まると、俺に視線を向ける。

やがて驚き、疑問、混乱、そして──

「シンんん！！！！」

怒りの感情が渦巻いた。

俺を見たことで、より一層怒りを爆発させたガリアは、家宰を押しのけて、一歩前に出た。

「お前だな？　お前が盗ったんだなああ！！！」

「ああ、そうだ。俺が盗った」

あまりにも哀れな姿のガリアを見ながら、俺はそう言った。

途端にガリアの顔が真顔になる。

怒りが頂点に達して、かえって冷静になったのか。

「……まぁ、いい。おい！　こいつの両足を斬って動けなくしろ！」

ガリアは三人の護衛に向き直ると、俺を指差した。

一方、彼らは俺のことを知っているからか、若干躊躇《ため》いを見せる──が、不法侵入であることは事実なので、ゆっくりと俺に近づいてくる。

「止まれ。それ以上近づくのなら、敵とみなす」

この護衛がガリアのしていることを知っているのかどうかは定かではないが、それでも俺を捕縛するようなら、当然抵抗するつもりだ。

「止まるか！　侵入者！」

三人の内の一人が声を上げて俺に斬りかかってきた。

足を狙う、横なぎの一閃。

だが——大振りすぎる。

空間属性の使い手に、それは悪手以外の何物でもないぞ。

「【魔力よ。空間へ干渉せよ。空間と空間を繋げ。門を開け】」

直後、俺の足の近くに黒い円が出現した。

「!?」

男はマズいと思ったようだが間に合わず、その円に向かって剣を振り切った。

すると——

「がはっ！」

突如、もう一人の護衛が吐血した。そして、ばたりとうつ伏せで倒れる。

男の背中には、大きな斬り傷があった。

「【転移門《ワープ・ゲート》】を用いた攻撃。熟練者の間でよく使われているやつなんだけどね」

その様子を見ながら、俺はそんな事を口にする。

傷は深いが死ぬことはないだろう。

ガリアに命令されただけの奴は、俺に危険が迫らない限り、命までは奪わない。

「何をやっている！　こんな出来損ないのクズに醜態を晒すな！」

ガリアがかませ役の悪役貴族のようなセリフで怒鳴り散らす。

もう侯爵家当主の威厳は欠片も残っちゃいない。

「で、やるか？」

そう言って、俺は残る二人を見やる
「っ……」

「それは……」

二人は明らかに躊躇するような反応を見せた。

もしガリアがしっかりと慕われてれば、命を賭して守ってたのかなぁ……

「……と、いうわけだ」

俺は助けを呼びに行こうとした家宰をサクッと剣の鞘で叩いて気絶させると、ガリアに向き直った。

ガリアは、そんな俺を射殺さんばかりに睨みつけると、声を上げる。

「よくもっ！　この疫病神めがっ！　死ね！　魔力よ。炎の――ぎゃあああ！！！」

「呑気に唱えさせるわけないでしょ」

ガリアの喉元にスライムを召喚して、喉を軽く溶かすことで、詠唱を中断させた俺は、思わずツッコミを入れる。

短い呪文の魔法や無詠唱ならまだしも、見るからに長そうな詠唱を、この状況で唱えるなんて正気の沙汰じゃない。

魔物相手だったら、すぐに喉元食いちぎられて死ぬよ？

「さてと。ちょっくら殴らせろ」

そう言って、俺はスライムを回収すると、素早く近づき、ガリアの顔面を思いっきり殴った。

「があっ！」

ガリアは苦しそうに声を上げる。

「このままそっとしておいてくれれば、屋敷で俺にしたことはなかったことにするつもりだったんだ。お前の考えも少しは理解できたからな。だが――屋敷を出た俺に手を出した。さらに、とんでもない犯罪まで犯していた……流石にこれは情状酌量《じょうじょうしゃくりょう》の余地なしだ」

床に膝をついたガリアを見下ろしながら、俺はそう言う。

ガリアは悔しそうに歯噛みすると――口を開いた。

「うるさい。そもそも、お前がいなければこんなことにはならなかった！　お前さえいなければ！クソッ、こんなことなら、生まれた瞬間に殺しておくべきだったな！　この忌み子が！　疫病神が！」

「まぁ、少しは溜飲も下がった。あとは牢獄の中で反省するんだな」

別に苛烈な復讐をする気はさらさらない。

どうせ、こいつはこのあともっと辛い目に遭うんだから。

「はあああっ！」

最後にもう一発殴ったら、ガリアは泡を吹いて気絶してしまった。

「よし……少ししたら、ここに騎士団が派遣される。変な動きだけはしない方がいい。さもなくば、反逆者の仲間入りだ」

そして去り際に、俺はここにいる奴らにそう言うと、【空間転移《ワープ》】でその場をあとにするのであった。

その後は、無事宿付近の路地裏に帰ってきた。

「……やったぜ」

屋敷からの脱出にも成功した俺は、建物の壁にもたれかかると、小さくガッツポーズを取った。

ネムも、俺の滲み出る喜びを感じ取ったのか、嬉しそうに「きゅきゅ！」と鳴く。

「これで、あいつらとの関係は完全に絶つことができる。だいぶ肩の荷が下りた」

ガリアをはじめ、元家族に会うことはもうないだろう。

いやー、最高だ。今日はお祝いとして、夕飯は豪華なものにしようかな？

「そんじゃ、宿に戻って昼寝でもするか～……あ、一応ガリアが捕縛される様子は見とこうかな？気になるし」

そんな呑気なことを言いながら、俺はのんびりと宿に向かって歩き出した。

そうして宿に戻った俺は、突然いなくなったことで、女将さんに「どこ行ってたのよ～」と心配されてしまったが、上手いこと誤魔化すと、部屋に戻って、ベッドに寝転がった。

そして、昏々《こんこん》と眠り続けること数時間――

『きゅきゅきゅー！』

「んあっ⁉」

脳内にスライムの鳴き声が大音量で聞こえて、俺は目を覚ますと、上半身をガバッと起こす。

そして、辺りをキョロキョロと見回してから、次第に状況を理解する。

「ああ、王都からガリアたちのお迎えが来たのか」

お迎えとは、ガリアを筆頭としたフィーレル家全員を王都へ連行するべく、レティウス侯爵とクローナム公爵が差し向けた総勢三百人の騎士のことだ。

俺は早速その様子を見るために、視覚をスライムに移す。

そこにはシュレインに入る騎士たちの姿があった。そして、衛兵たちは呆然とした様子で彼らを眺めていた。

「な、なんだなんだ？」

「一体何が起きたってんだ……？」

物々しい雰囲気で大通りを進む騎士たちを、シュレインの人々は驚きと不安が混じった様子で眺めていた。

そうして、騎士たちはどんどん進み続け、ついにフィーレル侯爵邸の前に到着した。

先頭にいた一際強そうな騎士が、一歩前に出て、声を上げる。

「第一王子、レイン・フォン・フェリシール・グラシア殿下の命だ！　至急、この門を開けよ！」

力強いその声に、門番は慌てた様子で門を開く。

今の騎士の言葉に従わないということは、レイン殿下の言葉に従わないことと同義だからね。

誰だって慌てるさ。

そして、門が開け放たれるや否や、一斉に騎士たちは屋敷の中へと入って行った。

蟻《あり》一匹逃がすつもりはないという気概を感じる。

さて、一方ガリアは何をやっているのだろうか？

逃げてたら面倒だけど。

そんなことを思いながら、俺は執務室のスライムの視覚に移る。

「……まあ、やっぱりいないか」

執務室にガリアはいなかった。じゃあ、隠し通路とかかな？

そう思い、俺は隠し通路の方に視覚を移す。

すると、そこには必死に走って逃げるガリアの姿があった。

「はぁ、はぁ、はぁ……どうして、こうなった……！」

ガリアはそんなことを言いながら、必死に地下通路を走り続ける。

そんなガリアの横には、彼が悪事を働く際に使っていたのであろう従者の姿もあった。

「うーん。このままだと逃げられるか……？」

地下通路を走り続けると、やがてシュレインの外に出てしまう。

ちょっと手を貸そうかな？　……と思ったが、騎士団の様子を見て、やめておいた。

どうやら騎士団はガリアが逃げ出すことは想定していたようだ。

その証拠に、感知系の儀式魔法をあちこちに設置し、発動していた。

「……地面の下に六人の気配を感知。南西へと向かっております」

「了解。至急、そちらに人員を回してくれ」

そして、その事実を通信系の魔法を通して、共有する。

レティウス侯爵とクローナム公爵が選出した騎士だけあって、皆優秀だな。

個々の能力もさることながら、連携も抜群だ。

「……あ、そういやミリアやリディアはどうしたんだろ？」

記憶の彼方へ放り投げていたせいで忘れていたが、あいつらも捕縛されることになっているんだよな。

とりあえず連行して、ガリアに加担したかどうかを問い詰めるのだろう。

まあ、加担したしていない関係なく、それなりに苦しい立場に置かれるのは確定だけどね。

だって、フィーレルの名に傷がついたんだから。

そんなことを思いながら、俺は全然接点のなかった元母、ミリアの方に視覚を移す。

「ぶ、無礼者！　この私をミリア・フォン・フィーレルと知っての所業か！」

ミリアは突然ズカズカと入り込んできた騎士たちを見て、激昂する。

だが、即座に騎士がレイン殿下の名を出したことで、その勢いは急速に衰えていく。

「罪を犯していないのであれば、悪いようにはしない。では、ついて来てください」

こうして、ミリアは騎士たちによって連行されていった。

ミリアは終始苦虫を噛み潰したような顔をしていたが、もう抵抗することはなかった。

さて、次はリディアかなー？

「は、放しなさい！　無礼者！　放しなさいよ！」

元姉、リディアの方は荒れていた。

騎士たちがやや無理やりに連れて行こうとするが、抵抗されるせいでなかなか連れ出せない。

力ずくで連れ出して、もしリディアが罪を犯していなかったら、ちょっと面倒なことになるかられ。

だが、ずっとこの調子じゃ埒があかないと思ったのか、騎士がリディアを睨みつけると、語気を強くして言い放った。

「もう一度言う。これはレイン殿下の命だ！　これで来ないのならば、貴女《あなた》は殿下の命に逆らう——反逆者として扱われる可能性がある。それでもいいか？」

「あう……」

いきなり強く言われ、リディアは怖じ気づいたように大人しくなった。

そして、反逆者という言葉が相当響いたのか、しぶしぶといった様子で連れて行かれた。

「うん。いい感じだね。元弟二人は……まぁ、いっか」

あの二人には、特段悪い感情はない。

レントには色々と言われたが、まあ五歳の子供にされたことをいつまでも根に持つほど、俺は短気じゃない。

つーか、一番下の弟にいたっては、会ったことすらない。

だから、ぶっちゃけどうでもいいのだ。

少なくともあの二人は関与していないだろうから、酷い扱いをされることはないだろう。

さて、そろそろガリアは捕まっただろうか？

そう思った俺は、ガリアのあとをつけさせているスライムに視覚を移した。

そこは暗い地下ではなく、陽の光が差す地上だった。

「ぐっ、どうしてここが……ッ！」

「逃走をやめろ。抵抗しないのなら、手荒な真似はしない」

お、ちょうど地下通路から出てきたガリアたちと騎士たちが会ったようだ。

互いに一定の距離を取りながら、警戒し合っている。

「ふ、ふざけるな！　おい！　一斉に攻撃しろ！」

ガリアの合図で、四人の護衛が一斉に十人の騎士に突撃する。

だが――

「がはっ！」

「がっ！」

「ぐふっ」

「ごはっ！」

騎士の方が数は多いし、実力も上。

護衛たちは難なく無力化させられる。

だが、その隙にガリアは魔法の詠唱をしていたようで、四人が無力化された直後にその魔法を放った。

「死ねぃ！」

そんな叫び声と同時に放たれたのは、炎の槍。

中級の火属性魔法、【炎槍《フレアランス》】か。

指にはめられている魔法発動体による補正がかかっているおかげで、威力もちょっと高め。

ごうっ！

そんな音を放ちながら、騎士たちに襲い掛かる【炎槍《フレアランス》】。

だが――

「はあっ！」

一番強そうな騎士が、力強い声と共に――一閃。

すると、【炎槍《フレアランス》】は縦に真っ二つに割れ、霧散した。

「ミスリル製の剣に魔力を込め、その魔力をもって魔法に干渉したというわけか」

俺は感心しながら呟く。

当たり前の話だが、剣で火は斬れない。だが、魔力を込めた剣ならば話は別だ。

剣に込めた魔力で炎に干渉することで、さっきみたいに斬ることができるのだ。

ちなみに、あれなら俺もできる。

まあ、筋力がないし、魔力もそこそこだから、普通以下の魔法じゃないと斬れないけどね。

「さあ、ついてこい！　抵抗した以上は、手荒な真似も覚悟してもらおうか！」

「は、放せ！　放せえええ！！！」

ガリアは絶叫しながらも、騎士たちによって、引きずられるように連行された。

そんな様子のガリアを、俺は溜飲が下がる思いで見る。

「いやー、これでなんか自分の中で区切りがついたな」

俺を祝福《ギフト》一つで虐げたガリア。まさか自分がこうなるなんて夢にも思わなかっただろうな。

「さーてと。あとは国の裁きに任せるか」

まあ、少なくともあいつは貴族としての地位を剥奪されるだろうな。

あれほどの不正を犯したんだ。そうならなければおかしい。

で、それ以外の罰についてだが……まあ、罰金を払うのは確定だな。

不正をして貯め込んでいた金以上の金額を、国に渡す義務があいつにはある。

そして、処刑されるかどうかだが……あいつを目障りだと思っている貴族は結構いるだろうから、そうなるかもな。知らんけど。

「さーてと。これで、本当に終わったな」

視覚を自身に戻した俺は、ネムを胸に抱きながら、ゴロリとベッドに転がるとそう言う。

「宝物庫！」

やばい！　忘れてた！

この機会に宝物庫にあるお宝を目立たない程度に盗……もらわないと！

俺は飛び起き、宝物庫周辺の様子をスライム越しに見る。

だが――

「ああ……もう騎士が制圧してる……」

残念ながら、金目のものがある宝物庫は、既に騎士団に制圧されていた。

もっと早く行けばよかった。

そうすれば、十万？　いや、百万ぐらいは手に入ったのに……！

「く、くそおおおお！！！！」

俺は思わず、ベッドに拳を叩きつけながら声を上げるのであった。

◇　◇　◇

王都ティリアン郊外に広がる森。

その地下にて。

「……というわけで、フィーレル侯爵家は王都ティリアンに連行されたよ。いやー、にしてもあの様子。ガリア君はもう、改良版キルの葉でいつもの冷静さを失ってたっぽいね。感情のままに行動しなかったあいつが、今や感情に任せて激昂してるんだよ？　いやーめっちゃ滑稽だった！」

薄暗い会議室にて、一人の女性が楽しそうにそう言った。

一方、話を聞く四人の反応は、それぞれだった。

ただ無言で頷く者もいれば、呆れる者、同じように笑みを浮かべる者もいた。

すると、その内の一人が口を開く。

「ネイア。報告感謝する。それで、シュレイン領主の後釜に、我らの息がかかった貴族を据えられそうか？」

硬い口調で話す男に、女性――ネイアは首を横に振った。

「無理無理。調べてみたんだけど、ガリア捕縛の件にはレティウス侯爵とクローナム公爵。そして、レイン殿下が関わっているんだよ？　あそこに割り込ませるなんて、自殺行為もいいところだよ。グー君も分かってて聞いてるでしょ？」

手をひらひらさせながら言うネイアに、グー君ことグーラは首を横に振った。

「いや、主《あるじ》の儀式の補佐に行っていた故、ここ数日の情報は知らん」

「あー、そうだったんだ。それで、儀式の方はどうなの？　順調？」

ネイアの言葉に、グーラは深くため息をついた。

「そこそこ……といったところだ。相変わらず、物資の不足が深刻だ。逆に言えば、それさえなければ割とすぐなのだがな」

「そっかー。なら、大丈夫そうだね。それじゃ、私は休暇を頂戴しまーす！　六十日連続勤務とか、ブラックすぎるよ～」

「分かった。分かった。好きにしろ。だが、いつでも連絡は取れるようにしておけ」

グーラは仕方なさそうに言った。

「おっけー。それじゃ！」

そう言って、ネイアはくるりと背を向けた。

直後、フッとネイアはその空間から消えてしまった。

ネイアが——幹部の一人が居なくなった会議室で、グーラは小さく息をつくと、ぼそりと呟く。

「祝福《ギフト》なき理想郷のために——」

◇　◇　◇

「宝物庫、やらかした……」

「きゅきゅ～ぅ～！」

木漏れ日亭の一階にある食堂。

その隅の方で、俺は果実水を酒のように呷りながら、ぐでーんとテーブルに突っ伏していた。

いや、本当に……欲しかったなぁ。宝物庫の中身。

もうマジで、なんで盗らなかったんだ俺……

あの混乱に乗じて、今までの借りを返すとばかりに盗ればよかった。

「あー……考えれば考えるほど、辛いやつだこれ……」

あいつをぶっ潰せて、達成感と解放感は凄まじいのに、それを絶妙に邪魔する圧倒的後悔。

人間って莫大な損をすると、ここまで落ち込むものなんだね……

「おいおい。どうしたんだ？　シン。そんななんとも言えない顔して」

すると、そんな俺に話し掛けて来る四人組。

この前助けた冒険者パーティーだ。

彼らは前と同じように、俺のテーブルの席に遠慮なく座ってくる。

「ああ、ウィル。皆も、一昨日はお疲れ」

俺は顔を上げると、子供らしい笑みを浮かべながらそう言った。

「おう。いやーマジで一昨日は大変だったなぁ。ま、おかげでDランクになれたから、ナイスって感じだな」

そう言って、Dランクの冒険者カードをこれ見よがしに出すウィル。

おお、これは素直にめでたいことだな。

「おめでとう、ウィル。てことは、皆も？」

そんな、俺の問いに、三人はすん……と、途端に静かになった。

あ、これはもしや……

「ああ。お察しの通り」

「うん。私たちは……」

「無理だった！」

俺が気まずい表情をしていると、ウィル以外の三人が口々に言う。

うん。それはマジでどんまい……あと、すまん。

俺は内心土下座をしつつ、この雰囲気を変えるべく、話題を逸らす。

「それでも、皆嬉しそうだね……四人共、何かいいことあったのか？」

すると、イリスが嬉しそうに声を上げた。

「そうそう。私たちいい感じに活躍したんだけど、それが無事報われて、追加報酬がもらえたの！」

「おお、それは凄いな」

追加報酬をもらえる人なんて、そうそういない。

ましてや、それがEランク冒険者ならなおさらだ。

「てことで、シン。今日の飯は奢るぞ。好きなだけ食うんだな！」

そう言って上機嫌に俺の肩を叩くフェイト。

え、マジで？　それは普通に嬉しいのだが。

現金な俺は、その言葉に思わず頬を緩ませる。

「あと、これはこの前の礼金ね。あの時はありがとう」

そっとミリーが俺の手に硬貨を握らせてくれた。

銀貨三枚……三万プルト。これにはもうにっこり。宝物庫のことが多少どうでもよくなった。

「じゃ、飲むか飲むか。少しばかり、贅沢しても罰は当たらん」

「だねだね！　飲まぁ飲まうぇーい！」

「また金に苦労する姿が目に浮かぶが……まあ、いっか」

「はぁ……これだから、もぅ」

ウィル、イリス、フェイト、ミリーがそれぞれ言う。

なんやかんやで、食べたり飲んだりし始める俺たち（もちろん俺は果実水と水）。

はしゃぐウィルとイリスに呆れながらも乗っかるフェイト。

ため息をつき、皆を見守るミリー。

そんな彼らとの食事は、なんだかんだで楽しかった。

……なお、放置しすぎて後ほどネムに嫉妬されたのは言うまでもない。

◇◇◇

周囲一帯、異様なまでに純白な空間に一人の美女が佇んでいた。

極上の絹を思わせるような白く長い髪。一番星のように綺麗な金の瞳。豊満な体と、それを優しく覆う白い法衣。

その姿を見れば、誰もが魅了されることだろう。

そんな美女はゆっくりと口を開く。

「まさか、世界のシステムに異常が出るなんて……」

彼女は、はぁと小さくため息をつく。

「人の魂が別の世界に転生するなんて、珍しいこともあるものだと思って見てみれば、システムが彼に与えた祝福《ギフト》がＦ級になってしまったようね」

彼女は悩ましげに言う。

「違う世界で生きていけるほどの強い魂なら、確定でＳ級の――それも上位の祝福《ギフト》だったはずなのに……だけど――」

一転して、彼女は楽しそうに笑みを浮かべた。

「普通のＦ級ではない。この世界の人と魂の形状がほんのわずかに違っていることによるものだと思うけど……」

そう言って、彼女はそっと下に視線を向ける。

すると、そこには皆と楽しそうに談笑するシンの姿があった。

彼女はそんなシンを見て、くすりと笑う。

「元気そうね。でも、彼には大変な思いをさせてしまった。これらの事情を全部彼に話したいけど……流石に過干渉になるから無理ね。祝福《ギフト》をシステムに与えさせるようにした時でさえ、一部から愚痴を言われたのに……特に地球《ガイア》！　人になんの施しもせず、試練だけを与える鬼畜女が！」

まるで子供のように、彼女は言う。

やがて、愚痴が止まったところで彼女は再びシンを見ると、口を開いた。

「ああ、でも教会に来てくれれば、神託という形である程度なら話せるわね。でも、あの子来てくれるかな……信者に連れて来てって言ったら、彼に面倒ごとが沢山降り注ぎそうだし……彼は自由が好きだから」

どこまでも、人々のことを大切に思う彼女は、シンに迷惑がかかりそうな手段を取るのは止めた。

世界のためならいざ知らず、ただの自己満足で人の未来を大きく変えるのは、彼女の本意ではない。

「いつか来てくれるかもしれないし、気長に待ちましょう」

そう言って、彼女――主神エリアスは柔和な笑みを浮かべるのであった。

『作業厨』。それは、常人では理解できない膨大な時間をかけて、レベル上げや、装備の制作を行う人間のことを指す――ゲーム配信者界隈で『作業厨』と呼ばれていた、中山祐輔《なかやまゆうすけ》。突然の死を迎えた彼が転生先として選んだ種族は、不老不死の半神《デミゴッド》。無限の時間とレインという新たな名を得た彼は、とりあえずレベルを10000まで上げてみることに。シルバーウルフの親子や剣術が好きすぎて剣そのものになったダンジョンマスターなど、個性豊かな仲間たちと出会いつつ、やっと目標を達成した時には、なんと三百年も経っていたのだった!

●3巻 定価：1430円（10%税込）/1･2巻 各定価：1320円（10%税込） ●illustration：ox

1～16巻
好評発売中！

勇者召喚に巻き込まれ、異世界に転生した僕、タクミ。不憫な僕を哀れんで、女神様が特別なスキルをくれることになったので、地味な生産系スキルをお願いした。そして与えられたのは、錬金術という珍しいスキル。まだよくわからないけど、このスキル、すごい可能性を秘めていそう……!? 最強錬金術師を目指す僕の旅が、いま始まる！

◉16巻 定価：1430円（10％税込）
1～15巻 各定価：1320円（10％税込）
◉Illustration：人米

◉7巻 定価：770円（10％税込）
1～6巻 各定価：748円（10％税込）
◉漫画：ささかまたろう B6判

英雄パーティを追い出された少年、クルトの戦闘面の適性は、全て最低ランクだった。
ところが生計を立てるために受けた工事や採掘の依頼では、八面六臂の大活躍! 実は彼は、戦闘以外全ての適性が最高ランクだったのだ。しかし当の本人は無自覚で、何気ない行動でいろんな人の問題を解決し、果ては町や国家を救うことに——!?

◉各定価：1320円（10%税込）
◉Illustration：ゾウノセ

◉7巻　定価：770円（10%税込）
1～6巻　各定価：748円（10%税込）
◉漫画：古川奈春　B6 判

家に住み着いている妖精に愚痴ったら、
国が滅びました
著 猿喰森繁
Sarubami Morishige
私を虐げてきた国よ
さようなら！
虐げられた少女が送る、
ざまぁ系ファンタジー！
家に住み着いている妖精に愚痴ったら、国が滅びました
猿喰森繁
私を虐げてきた国よ
さようなら！
妖精のお友達が国をぶっ壊したから
幸せを探す旅に出るわ!!
アルファポリス
魔法が使えないために、国から虐げられている少女、エミリア。そんな彼女の味方は、妖精のお友達、ポッドと婚約者の王子だけ。ある日、王子に裏切られた彼女がポッドに愚痴ったところ、ポッドが国をぶっ壊すことを決意してしまう！　彼が神の力を借りたことで、国に災厄が降りかかり――。一方、ポッドの力で国を脱出したエミリアは、人生初の旅行に心を躍らせていた！　神と妖精の協力の下たどりついた新天地で、エミリアは幸せを見つけることが出来るのか!?
●定価：1430円（10%税込）　●ISBN：978-4-434-34858-7
●illustration：キッカイキ

この作品に対する皆様のご意見・ご感想をお待ちしております。

おハガキ・お手紙は以下の宛先にお送りください。

【宛先】

〒150-6019 東京都渋谷区恵比寿4-20-3 恵比寿ｶﾞｰﾃﾞﾝﾌﾟﾚｲｽﾀﾜｰ 19F
（株）アルファポリス　書籍感想係

メールフォームでのご意見・ご感想は右のＱＲコードから、
あるいは以下のワードで検索をかけてください。

アルファポリス　書籍の感想　検索

ご感想はこちらから

本書はWebサイト「アルファポリス」（https://www.alphapolis.co.jp/）に投稿されたものを、改題・改稿、加筆のうえ、書籍化したものです。

F級《きゅう》テイマーは数《かず》の暴力《ぼうりょく》で世界《せかい》を裏《うら》から支配《しはい》する
ゆーき　著

2024年11月30日初版発行

編集－和多萌子・宮坂剛
編集長－太田鉄平
発行者－梶本雄介
発行所－株式会社アルファポリス
〒150-6019 東京都渋谷区恵比寿4-20-3 恵比寿ｶﾞｰﾃﾞﾝﾌﾟﾚｲｽﾀﾜｰ19F
TEL 03-6277-1601（営業）　03-6277-1602（編集）
URL https://www.alphapolis.co.jp/
発売元－株式会社星雲社（共同出版社・流通責任出版社）
〒112-0005 東京都文京区水道1-3-30
TEL 03-3868-3275
装丁・本文イラスト－さかなへん
装丁デザイン－AFTERGLOW
印刷－中央精版印刷株式会社

価格はカバーに表示されてあります。

落丁乱丁の場合はアルファポリスまでご連絡ください。

送料は小社負担でお取り替えします。


ISBN978-4-434-34857-0 C0093